【艺术品收藏价值丛书】

当前宝石首饰品收藏十分红火，原因是宝石首饰品具有易于保存、经济价值得到全世界的公认、价格稳定且升值明显、鉴赏价值极高，又能美化生活等诸多优点，所以人们都说"金银有价，珠宝无价"。

宝石首饰价值考成

大成/编著

许多人对"珠宝无价"深信不疑，开始成为宝石首饰收藏爱好者。

华龄出版社

责任编辑： 大 佐　土文湛　土 蕊

版式设计： 春晓伟业·德盛

图书在版编目（CIP）数据

宝石首饰价值考成／大成编著.—北京：华龄出版社，
　2006.1
　（艺术品收藏价值丛书）
ISBN　7-80178-322-0

Ⅰ.宝...　Ⅱ.大...　Ⅲ.宝石－首饰－简介
　Ⅳ.TS934.3

中国版本图书馆 CIP 数据核字（2005)第 155513 号

书　　名：宝石首饰价值考成
作　　者：大成　编著
出版发行：华龄出版社
分色制版：北京图文天地中青彩印制版有限公司
印　　刷：北京雷杰印刷有限公司
版　　次：2006 年 1 月第 1 版　2006 年 1 月第 1 次印刷
开　　本：787×1092　1/16　印张：10
字　　数：20 千　　　　　　印数：1～3000 册
定　　价：90.00 元

地　　址：北京西城区鼓楼西大街 41 号　　邮编：100009
电　　话：84044445（发行部）　　　　　传真：84039173

前 言

当前，珠宝首饰品收藏十分红火，原因是珠宝首饰品具有便于保存、经济价值得到全世界的公认、价格稳定且升值明显、鉴赏价值极高等诸多优点，所以人们都说"金银有价，珠宝无价"。许多人对"珠宝无价"深信不疑，开始成为珠宝首饰收藏爱好者。

其实，收藏者也不妨从另一个角度来探讨"珠宝无价"的实际意义。从市场规律来看，在市场供求极度不平衡时，珠宝的市场价格会大大高于其实际价值，以致有些珠宝价值会十分昂贵；但也正因为如此，前段时期价格很昂贵的珠宝，在特定的条件下其价格也可能会一落千丈。这似乎也是对"珠宝无价"的一种正确解释。

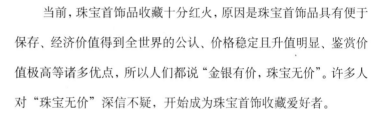

另外，从目前市场情况来看，我国珠宝估价上虽有公认的原则，但还没有统一的标准。在国际市场上，珠宝价格是由重量、净度、色泽的差别和切工、抛光等后期加工工艺水平的高低来决定的。目前我国市场上的钻石、红蓝宝石等虽然也是按品种质量、大小、重量等进行评估，也参照国际市场交易价，但由于国家标准存在不足，镶嵌钻石分级证书中仅根据净度、颜色等得出的"极好"、"很好"、"好"、"较好"、"一般"评估，尚没有达到准确反映钻石品质等级的程度。其他珠宝如翡翠、珍珠等饰品价格几乎无价可比，翡翠则以色泽和大小来决定其价格，定价的随意性很大。目前我国对

宝石鉴定书的管理还没有制定统一的法规，一些生产厂家自己出鉴定证书，至于鉴定的内容是否真实、规范，就不得而知了。加之珠宝鉴定是一门高深的学问，一般人难以完全了解。例如，被人称为宝石的矿物有五十几种，其中以钻石(金刚石)、红宝石(红色刚玉)、蓝宝石(蓝色刚玉)、祖母绿(海蓝宝石)、金绿宝石(猫眼或变石)、电气石(碧玺)、橄榄石(草绿宝石)、贵蛋白石(欧泊)、黄玉(黄晶宝石或叫"托帕斯")和石榴石(紫鸦乌宝石)等宝石的知名度最高。各种宝石不仅有档次之分，又有大量的人造品、仿制品和作伪品，从而造成珠宝市场价格变化幅度非常之大，其市场价格变化规律，外行人是很难掌握。因此，珠宝投资是有一定难度的。

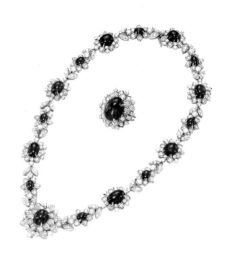

目前，获取珠宝饰品收藏相关资讯的最佳方法，就是艺术品拍卖会的信息。在经济发达的国家里，艺术品拍卖会被公认为现代社会最佳的个人理财投资方式之一，许多明星人物都到艺术品拍卖会上进行个人理财投资。和其他投资方式相比，艺术品收藏有如下一些特点：一是艺术品收藏不像做股票，不需要天天跑股市；二是艺术藏品的价格和流通，历来不受政府的干预；三是艺术品收藏可以零存整取，即便金融界发生大的风波，艺术品收藏所承担的风险也是最小的；四是在艺术品拍卖市场里，所拍卖的艺术品的品质是有保证的；五是最优秀的艺术品永远是稀缺的，后入市者只能从先入市者手中购买，所以拍卖市场上的艺术品价格只能是"天天向上"，不存在像股市中洗盘、震仓等违规手段。正因为有如此多的优点，所以艺术品拍卖这种收藏方式才会风靡全球。

为了使珠宝收藏爱好者便于了解当前珠宝饰品的品种和价格情况，我们收集了近几年来在艺术品拍卖市场中的珠宝首饰品，分门别类，编成此书，让读者能很方便地进行浏览，进行分析对比，在分析对比中不断增长自己的眼力。希望读者能喜欢这本书。

目　录
CONTENTS

（注：正文中 RMB 符号为人民币标志；HK$ 为港币标志；US$ 美元标志。）

钻石首饰

宝 石 首 饰 价 值 考 成

钻石又叫金刚石、金刚钻，古代还称"昆吾石"，是地球上硬度最高、光泽最璀璨的矿物，有极高的光折射率和色散效能，有"宝石之王"的美称。除了无色的钻石外，还有白色、黄色、绿色、蓝色、粉红色、红色、灰色和黑色等色的钻石。

钻石的化学成分是碳，在空气中加热到800℃以上时，钻石会燃烧，发出蓝色的火焰。在几千万年前，地层约80千米或更深处的熔岩浆顺着火山颈向上冲时，因火山口被堵，岩浆在高温高压的环境下慢慢冷却，使所含有的少量碳元素晶化，成为钻石。

凡透明的金刚石琢磨成饰品后，称为钻石，有各种雕形，如标准钻石有五十七个棱面，俗称"五十七翻"。顶面是八角形，斜面是三角形相菱形，共33个面，称为冠面，为钻石上部。下部为三角形和菱形，成锥面交底部于一点，共24个面，称为亭部。冠部与亭部的分界线形成冠部角和亭部角，其角为34°、30°和40°、45°。但各国钻石形的冠部角与亭部角也有小的差别。其他仿钻石的假钻石其冠部角与亭部角按折光率计算，以求得其有全反射光的效果。常见的钻石还有鸡心形、马眼形、椭圆形和异形等。

切工是衡量钻石切磨精细程度的标准，切工的精美与否直接关系到钻石的市场价位。例如明亮式切磨，它能确保最多的光线从正面反射出来，产生光泽和火彩，从而提升钻石的品位。花式切磨则多用于净度为VS级以下的钻石。

钻石首饰以质纯透明为佳。其中常有的棉絮状丝丝杂质和小惊纹、黑点，会影响钻石质量。鉴定钻石的好坏，以质量、颜色、纯净度、做工四点来判断，有严格分类标准。其中质量是指钻石的大小。由于钻石一般体积都很小，只能采用"克拉"(0.2克)作为宝石重量的单位，所以钻石以大为贵，其经济价值是随着其重量的增大而呈几何级的增加。纯净度则是指钻石的组成中没有经晶化的细微碳质的含量，含量越低，标明钻石越精贵。纯净度一般分6级：① F——表示无瑕； ② FL——表示内部无瑕；③ VVS_1，VVS_2——表示极微瑕；④ VS_1，VS_2——表示微瑕； ⑤ S_1——表示有小瑕；⑥ I_1，I_2，I_3——表示有瑕的程度。

钻石有仿冒品，如人造锆石、钛酸锶、钇铝石榴石、人造金红石、锂铌石等；也有的人用次宝石冒充钻石，如水晶、黄玉、无色蓝水晶等。此外还有用辐射改色钻等手段。

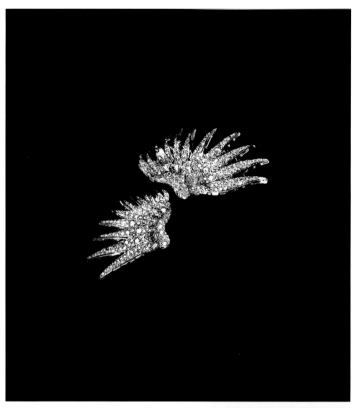

1940 年 钻石翅膀形胸针（一对）
拍卖时间：1996 年 4 月 17 日
估价：US$ 30,000－40,000

1930 年 钻石手链（粗）
拍卖时间：1996 年 4 月 17 日
估价：US$ 30,000－35,000

1930 年 钻石手链（细）
拍卖时间：1996 年 4 月 17 日
估价：US$ 35,000－45,000

钻石戒指
拍卖时间：1996 年 4 月 17 日
估价：US\$ 90,000–110,000

名贵深色黄钻石戒指
拍卖时间：1996 年 4 月 17 日
估价：US\$ 150,000–175,000

钻石项链／手链组合
拍卖时间：1996 年 4 月 17 日
估价：US\$ 50,000–60,000

浅绿色钻石
拍卖时间：1996 年 4 月 17 日
估价：US\$ 90,000–110,000

1935 年 钻石项链
拍卖时间：2000 年 4 月 12 日
估价：US$ 50,000–70,000

钻石项链
拍卖时间：2000 年 4 月 12 日
估价：US$ 150,000–200,000

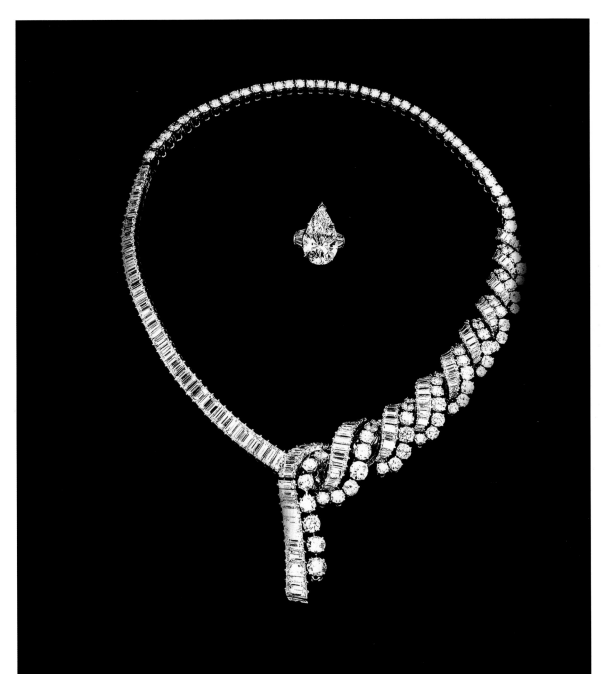

1950 年　名贵钻石项链
拍卖时间：2000 年 4 月 12 日
估价：US$ 125,000−150,000

名贵钻石戒指
拍卖时间：2000 年 4 月 12 日
估价：US$ 185,000−200,000

名贵深色黄色钻石戒指
拍卖时间：2000 年 4 月 12 日
估价：US$ 150,000−170,000

钻石箍带式项链

拍卖时间：2000 年 4 月 12 日

估价：US$ 65,000－85,000

钻石项链

拍卖时间：2002 年 10 月 28 日

估价：US$ 10,000－15,000

钻石项链

拍卖时间：2002 年 10 月 28 日

估价：US$ 15,000－25,000

名贵绿宝石钻石戒指
拍卖时间：2000 年 10 月 24 日
估价：US$ 25,000−35,000

钻石项链
拍卖时间：2000 年 10 月 24 日
估价：US$ 25,000−30,000

名贵钻石戒指
拍卖时间：2000 年 10 月 24 日
估价：US$ 150,000−200,000

钻石项链
拍卖时间：2000 年 10 月 24 日
估价：US$ 75,000−100,000

名贵钻石耳环一对
拍卖时间：2000 年 10 月 24 日
估价：US$ 120,000−160,000

钻石带坠项链

拍卖时间：2000 年 10 月 24 日

估价：US$ 160,000－180,000

钻石耳钉（一对）

拍卖时间：2000 年 10 月 24 日

估价：US$ 25,000－30,000

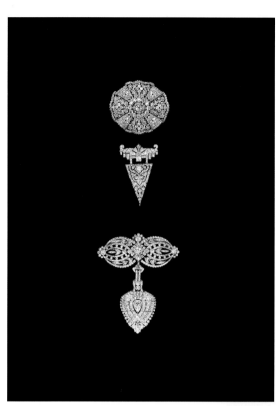

1915 年　爱德华钻石胸针（上）
拍卖时间：2000 年 10 月 24 日
估价：US$ 30,000—40,000

1920 年　钻石胸针（中）
拍卖时间：2000 年 10 月 24 日
估价：US$ 20,000—30,000

1915 年　皇冠式钻石胸针（下）
拍卖时间：2000 年 10 月 24 日
估价：US$ 50,000—60,000

钻石项链
拍卖时间：2000 年 10 月 24 日
估价：US$ 45,000—55,000

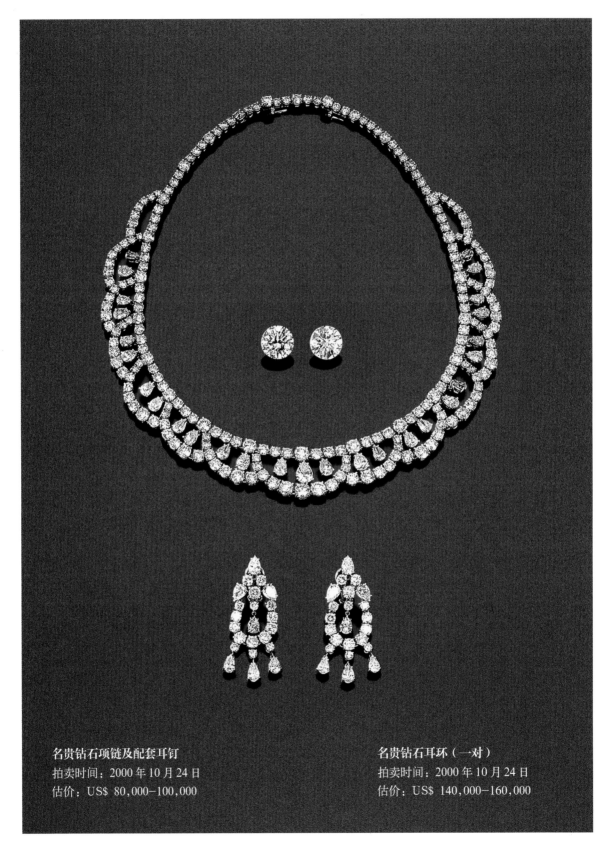

名贵钻石项链及配套耳钉
拍卖时间：2000 年 10 月 24 日
估价：US\$ 80,000–100,000

名贵钻石耳环（一对）
拍卖时间：2000 年 10 月 24 日
估价：US\$ 140,000–160,000

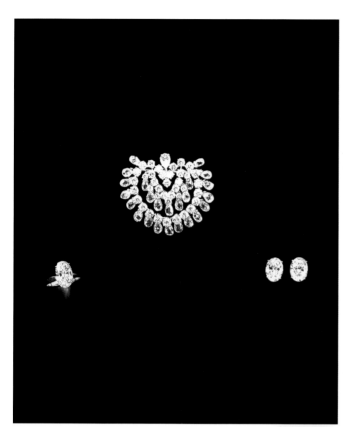

白金椭圆形钻石戒指(左)
G.I.A.证书椭圆形钻石重 3.08 克拉，VVS_2 净度
拍卖时间：1998 年 4 月 29 日
估价：US$ 34,000−39,000

白金心形设计钻石别针(中)
钻石共重 23.70 克拉
拍卖时间：1998 年 4 月 29 日
估价：US$ 35,000−38,000

白金钻石耳环一对(右)
G.I.A.证书椭圆形钻石 1 粒重 3.02 克拉，另一
粒重 3.12 克拉，皆为 G 色度 IF 净度
拍卖时间：1998 年 4 月 29 日
估价：US$ 65,000−72,000

18K 白金钻石戒指（上）
钻石重 2.40 克拉
拍卖时间：1998 年 4 月 29 日
估价：US$ 3,200−4,500

白金圆形啡浅粉红钻石及钻石戒指（中）
圆钻重 2.00 克拉，7 粒心形钻石共重 2.70 克拉，
G.I.A.证书圆钻为天然啡浅粉红色泽
拍卖时间：1998 年 4 月 29 日
估价：US$ 15,000−20,000

18K 白金马眼形钻石戒指（下）
钻重 3.07 克拉，HRD 证书钻石为 D 色度 IF 净度
于 G.I.A.的标准尺度
拍卖时间：1998 年 4 月 29 日
估价：US$ 50,000−54,000

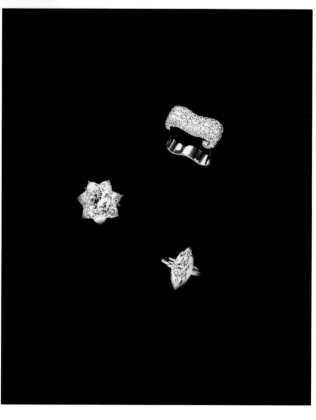

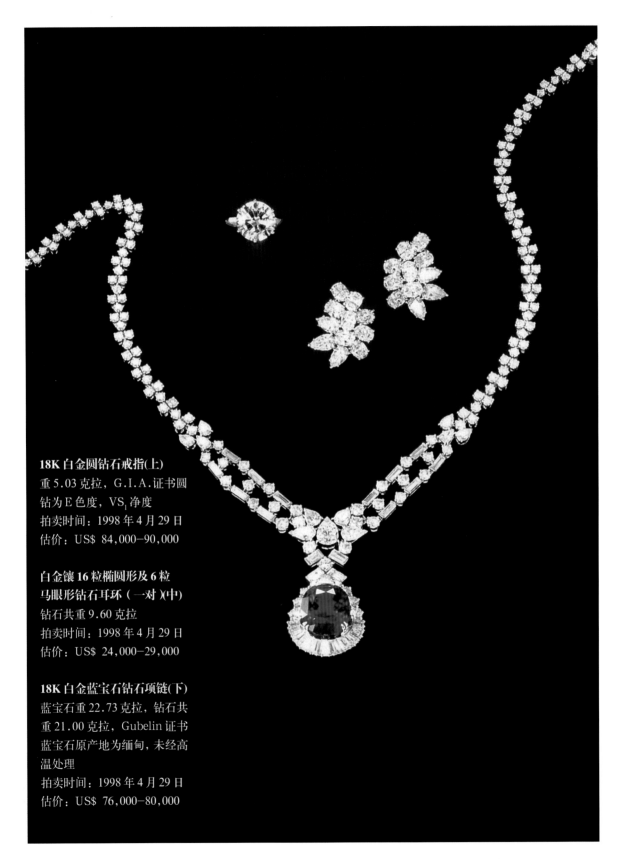

18K 白金圆钻石戒指(上)

重 5.03 克拉，G.I.A.证书圆
钻为 E 色度，VS_1 净度

拍卖时间：1998 年 4 月 29 日

估价：US$ 84,000−90,000

**白金镶 16 粒椭圆形及 6 粒
马眼形钻石耳环（一对）(中)**

钻石共重 9.60 克拉

拍卖时间：1998 年 4 月 29 日

估价：US$ 24,000−29,000

18K 白金蓝宝石钻石项链(下)

蓝宝石重 22.73 克拉，钻石共
重 21.00 克拉，Gubelin 证书
蓝宝石原产地为缅甸，未经高
温处理

拍卖时间：1998 年 4 月 29 日

估价：US$ 76,000−80,000

钻石戒指
拍卖时间：1999年6月9日
估价：US$ 25,000-30,000

钻石养珠项链
拍卖时间：1999年6月9日
估价：US$ 10,000-12,000

养珠钻石耳钉（一对）
拍卖时间：1999年6月9日
估价：US$ 22,000-25,000

养珠钻石吊环（一对）
拍卖时间：1996 年 12 月 10 日
估价：US$ 28,000–32,000

名贵钻石戒指
拍卖时间：1996 年 12 月 10 日
估价：US$ 100,000–125,000

钻石项链手链
拍卖时间：1996 年 12 月 10 日
估价：US$ 125,000–150,000

钻石耳环（一对）
拍卖时间：1996 年 12 月 10 日
估价：US$ 50,000－75,000

钻石戒指
拍卖时间：1996 年 12 月 10 日
估价：US$ 95,000－110,000

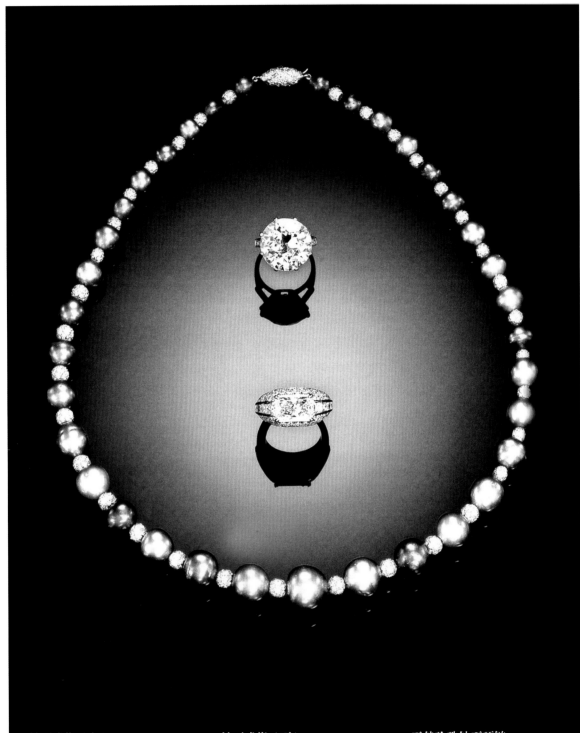

钻石戒指（上）
拍卖时间：1996 年 12 月 10 日
估价：US$ 70,000-80,000

钻石戒指（下）
拍卖时间：1996 年 12 月 10 日
估价：US$ 35,000-45,000

天然珍珠钻石项链
拍卖时间：1996 年 12 月 10 日
估价：US$ 50,000-60,000

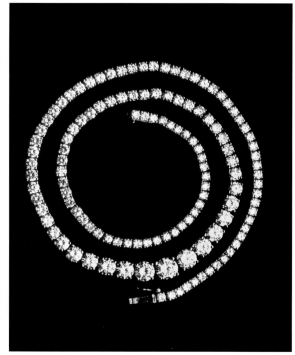

18K 黄金钻石项链

拍卖时间：2000 年 4 月 12 日

估价：US$ 12,000—15,000

钻石项链

拍卖时间：2003 年 9 月 16 日

估价：US$ 35,000—40,000

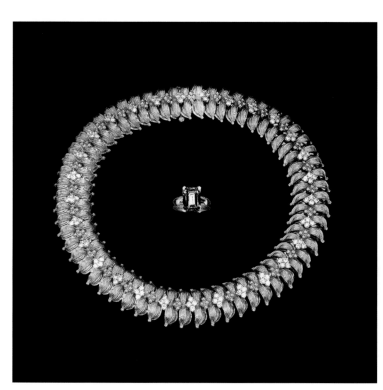

18K 黄金钻石项链戒

拍卖时间：2000 年 4 月 12 日

估价：US$ 15,000—20,000

钻石戒指

拍卖时间：2000 年 4 月 12 日

估价：US$ 45,000—55,000

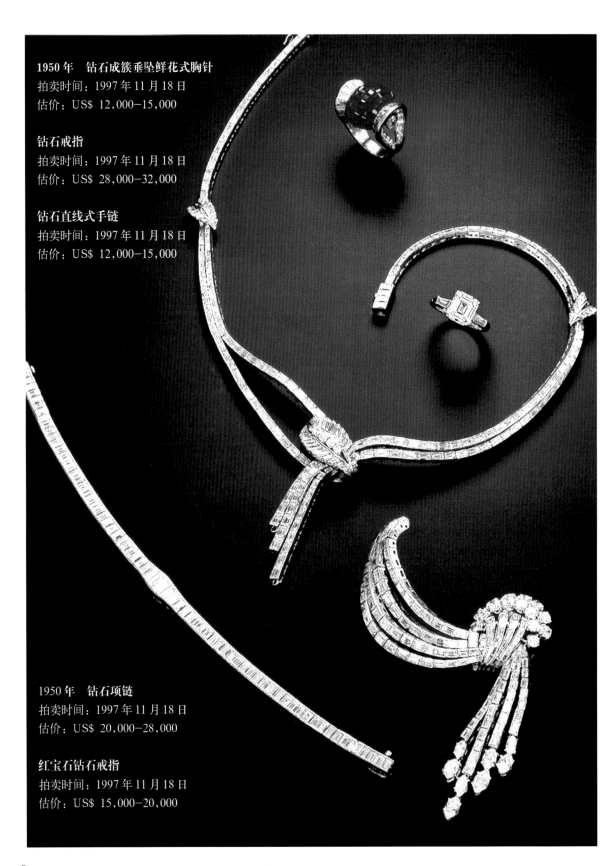

1950 年　钻石成簇垂坠鲜花式胸针
拍卖时间：1997 年 11 月 18 日
估价：US$ 12,000—15,000

钻石戒指
拍卖时间：1997 年 11 月 18 日
估价：US$ 28,000—32,000

钻石直线式手链
拍卖时间：1997 年 11 月 18 日
估价：US$ 12,000—15,000

1950 年　钻石项链
拍卖时间：1997 年 11 月 18 日
估价：US$ 20,000—28,000

红宝石钻石戒指
拍卖时间：1997 年 11 月 18 日
估价：US$ 15,000—20,000

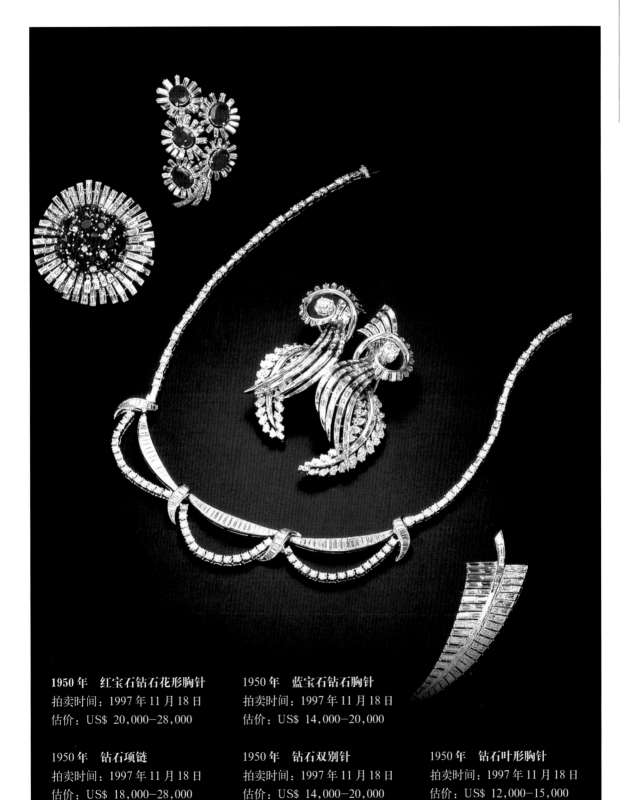

1950 年　红宝石钻石花形胸针
拍卖时间：1997 年 11 月 18 日
估价：US$ 20,000−28,000

1950 年　蓝宝石钻石胸针
拍卖时间：1997 年 11 月 18 日
估价：US$ 14,000−20,000

1950 年　钻石项链
拍卖时间：1997 年 11 月 18 日
估价：US$ 18,000−28,000

1950 年　钻石双别针
拍卖时间：1997 年 11 月 18 日
估价：US$ 14,000−20,000

1950 年　钻石叶形胸针
拍卖时间：1997 年 11 月 18 日
估价：US$ 12,000−15,000

1930 年　钻石戒指
拍卖时间：1997 年 11 月 18 日
估价：US$ 18,000—22,000

1950 年　"火箭及人造卫星"式钻石胸针
拍卖时间：1997 年 11 月 18 日
估价：US$ 15,000—20,000

1935 年　钻石手链
拍卖时间：1997 年 11 月 18 日
估价：US$ 50,000—80,000

钻石吊坠
拍卖时间：1997 年 10 月 30 日
估价：US$ 700,000—800,000

钻石吊环（一对）
拍卖时间：1997 年 10 月 30 日
估价：US$ 525,000—575,000

名贵养珠钻石耳钉（一对）（左上）
拍卖时间：1997年11月18日
估价：US$ 25,000-35,000

钻石戒指（右中）
拍卖时间：1997年11月18日
估价：US$ 28,000-35,000

钻石直线式项链（中）
拍卖时间：1997年11月18日
估价：US$ 50,000-60,000

养珠钻石戒指（左中）
拍卖时间：1997年11月18日
估价：US$ 12,000-15,000

钻石卷轴式胸针（右下）
拍卖时间：1997年11月18日
估价：US$ 12,000-15,000

钻石戒指

拍卖时间：1997年11月18日

估价：US$ 80,000-100,000

1930年 钻石项链手链

拍卖时间：1997年11月18日

估价：US$ 80,000-120,000

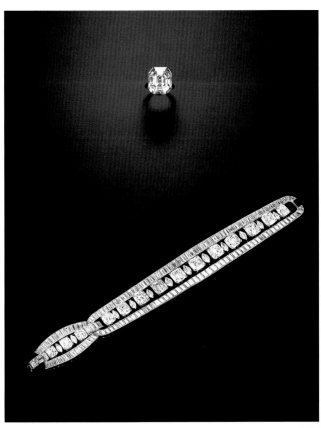

钻石戒指
拍卖时间：1997 年 11 月 18 日
估价：US$ 140,000－160,000

钻石手链
拍卖时间：1997 年 11 月 18 日
估价：US$ 170,000－220,000

彩钻钻石手链
拍卖时间：1997 年 11 月 18 日
估价：US$ 90,000－120,000

钻石花形胸针耳钉（一对）
拍卖时间：1997 年 11 月 18 日
估价：US$ 75,000－95,000

白金钻石戒指（上）

G.I.A.证书，椭圆形钻石重 5.07
克拉，H 色度，VS$_2$ 净度
拍卖时间：1998 年 11 月 3 日
估价：US$ 62,000–67,000

白金钻石戒指（中）

G.I.A.证书，椭圆形钻石重 3.04
克拉，颜色为天然浅紫粉红色泽，
VVS$_2$ 净度
拍卖时间：1998 年 11 月 3 日
估价：US$ 71,000–84,000

18K 白金钻石项链（下）

85 粒椭圆形钻石重 43.00 克拉
拍卖时间：1998 年 11 月 3 日
估价：US$ 80,000–96,000

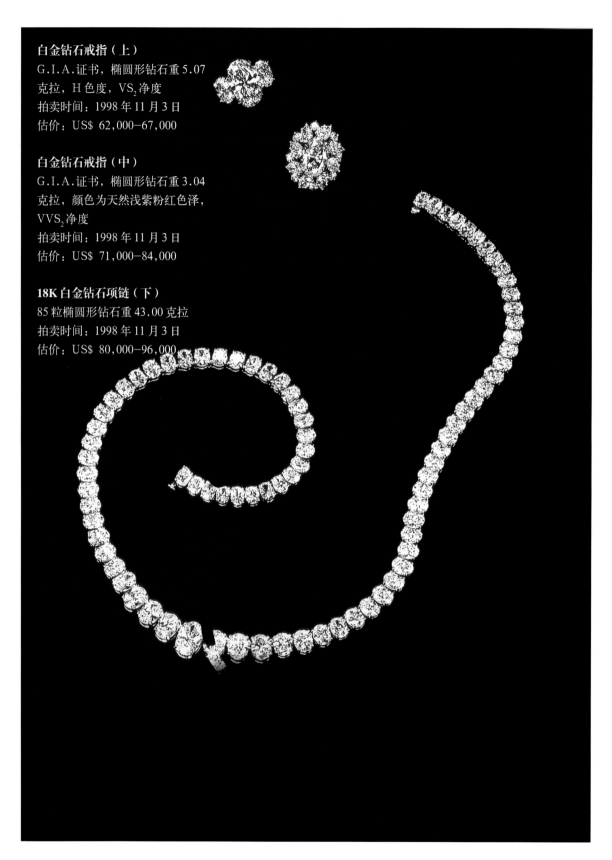

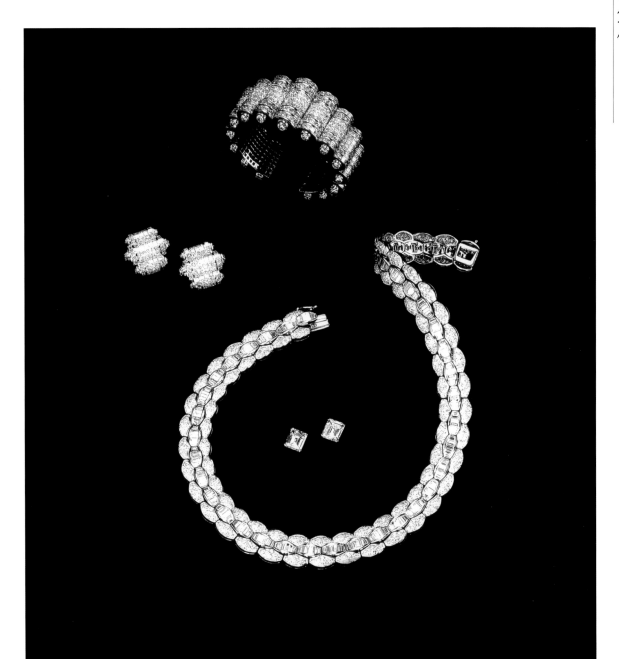

18K白金钻石手链
拍卖时间：1998 年 11 月 3 日
估价：US$ 15,000—20,000

白金钻石耳环（一对）
10 粒梨形钻石约重 10.85 克拉
拍卖时间：1998 年 11 月 3 日
估价：US$ 52,000—58,000

白金养珠钻石耳环（一对）
钻石共重 1.70 克拉
估价：US$ 10,500—12,000

18K白金钻石戒指（上、下）
拍卖时间：1998 年 11 月 3 日
估价：US$ 100,000—129,000

钻石珠宝项链
拍卖时间：1999 年 11 月 1 日
估价：US\$ 6,200—6,700

蓝宝石钻石耳环吊坠
拍卖时间：1999 年 11 月 1 日
估价：US\$ 15,000—19,000

白金钻石手链
拍卖时间：1999 年 11 月 1 日
估价：US\$ 13,000—19,000

红宝石钻石戒指
拍卖时间：1999 年 11 月 1 日
估价：US\$ 5,800—6,400

钻石项链及戒指
拍卖时间：1999 年 11 月 1 日
估价：US\$ 32,500—38,500

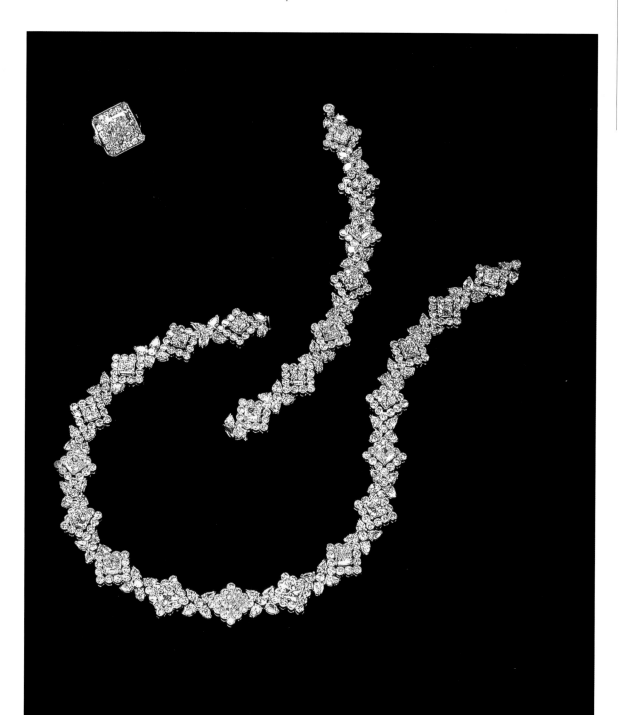

黄色钻石男装戒指
方形黄色钻石一粒重10.15克拉
拍卖时间：1998年11月3日
估价：US$ 52,000–58,000

白金黄色钻石及钻石手链
黄色钻石约重9.00克拉，钻
石约重12.00克拉，配衬1466
货号项链
拍卖时间：1998年11月3日
估价：US$ 42,000–45,000

白金黄色钻石及钻石项链
黄色钻石约重12.10克拉，钻
石约重41.80克拉，配衬1465
货号手链
拍卖时间：1998年11月3日
估价：US$ 103,000–128,000

1960 年 钻石项链
拍卖时间：1999 年 11 月 1 日
估价：US$ 97,000−110,000

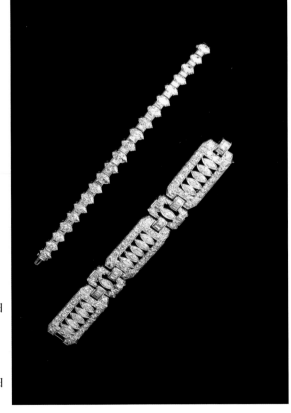

白金钻石手链（上）
拍卖时间：1997 年 10 月 30 日
估价：US$ 60,000−80,000

1930 年 钻石手链（下）
拍卖时间：1997 年 10 月 30 日
估价：US$ 25,000−35,000

钻石项链
拍卖时间：1997 年 10 月 30 日
估价：US$ 200,000−250,000

钻石耳环（一对）
估价：US$ 45,000−55,000

钻石戒指
拍卖时间：1997 年 10 月 30 日
估价：US$ 200,000−250,000

钻石吊环（一对）
拍卖时间：1997 年 10 月 30 日
估价：US$ 100,000−125,000

钻石手链
估价：US$ 75,000−100,000
拍卖时间：1997 年 10 月 30 日

钻石戒指

拍卖时间：1996 年 4 月 17 日

估价：US$ 100,000－125,000

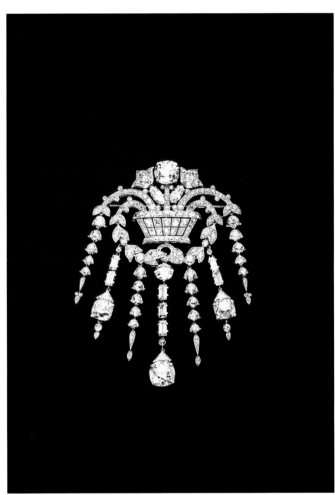

1915 年　钻石花篮形胸针

拍卖时间：1996 年 4 月 17 日

估价：US$ 35,000－45,000

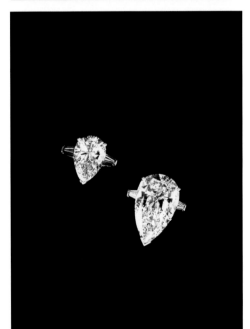

钻石戒指（下）

拍卖时间：1996 年 4 月 17 日

估价：US$ 100,000－125,000

钻石戒指（上）

拍卖时间：1996 年 4 月 17 日

估价：US$ 125,000－150,000

钻石吊坠
拍卖时间：1996 年 4 月 17 日
估价：US$ 265,000－285,000

1915 年 钻石花篮形胸针
拍卖时间：1996 年 4 月 17 日
估价：US$ 35,000－45,000

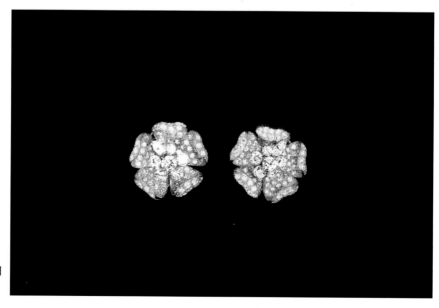

钻石花形耳钉（一对）
拍卖时间：1996 年 4 月 17 日
估价：US$ 20,000－25,000

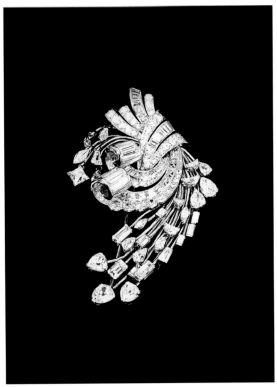

钻石吊环
拍卖时间：1996年4月17日
估价：US$ 25,000—30,000

钻石胸针
拍卖时间：2000年4月12日
估价：US$ 8,000—12,000

1950年 钻石胸针
拍卖时间：1998年4月29日
估价：US$ 2,600—3,100

1950年 红蓝宝石钻石花形胸针
拍卖时间：1998年4月29日
估价：US$ 2,600—3,100

钻石花簇式耳钉(一对)
拍卖时间：2000 年 4 月 12 日
估价：US$ 70,000−80,000

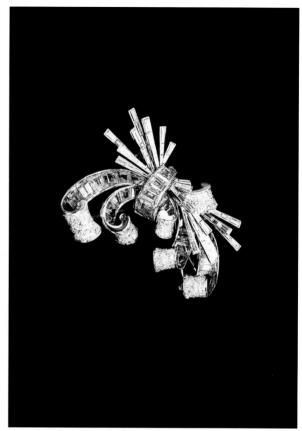

1945 年　白金钻石胸针
拍卖时间：2000 年 4 月 12 日
估价：US$ 20,000−25,000

钻石戒指
拍卖时间：2000 年 4 月 12 日
估价：US$ 40,000−50,000

钻石吊环(一对)
拍卖时间：2000 年 4 月 12 日
估价：US$ 30,000−40,000

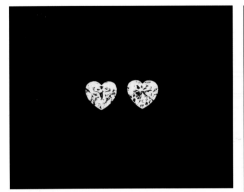

心形钻石耳环一对
拍卖时间：2000 年 4 月 12 日
估价：US$ 100,000－120,000

钻石戒指
拍卖时间：2000 年 4 月 12 日
估价：US$ 110,000－120,000

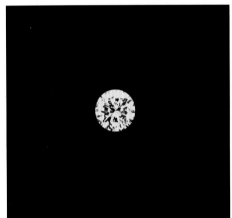

钻石戒指
拍卖时间：2000 年 4 月 12 日
估价：US$ 75,000－85,000

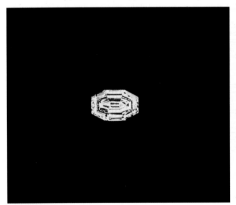

钻石戒指
拍卖时间：2000 年 4 月 12 日
估价：US$ 80,000－100,000

钻石戒指
拍卖时间：2000 年 4 月 12 日
估价：US$ 350,000－400,000

钻石花形耳钉(一对)

拍卖时间：2000 年 4 月 12 日

估价：US$ 7,500–10,000

1960 年 18K 黄金钻石手链

拍卖时间：2000 年 4 月 12 日

估价：US$ 22,000–28,000

养珠钻石耳钉(一对)

拍卖时间：2000 年 4 月 12 日

估价：US$ 25,000–35,000

1875年 钻石皇冠胸针组合
拍卖时间：2000年4月12日
估价：US$ 20,000-25,000

1950年 钻石蓝宝石花形胸针
拍卖时间：2000年4月12日
估价：US$ 12,000-15,000

钻石南海养珠天鹅形胸针
拍卖时间：2002年10月28日
估价：US$ 15,000-25,000

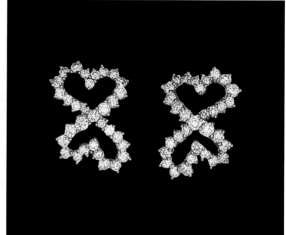

钻石耳钉(一对)
拍卖时间：2002年10月28日
估价：US$ 3,000-4,000

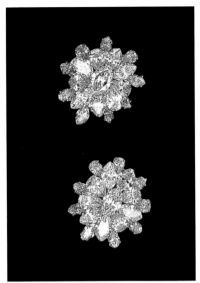

钻石耳钉（一对）

拍卖时间：2002 年 10 月 28 日

估价：$ 40,000－60,000

钻石吊坠胸针

拍卖时间：2002 年 10 月 28 日

估价：$ 6,000－8,000

黄金紫锂辉石钻石戒指

拍卖时间：1998 年 9 月 28 日

估价：$ 1,500－2,000

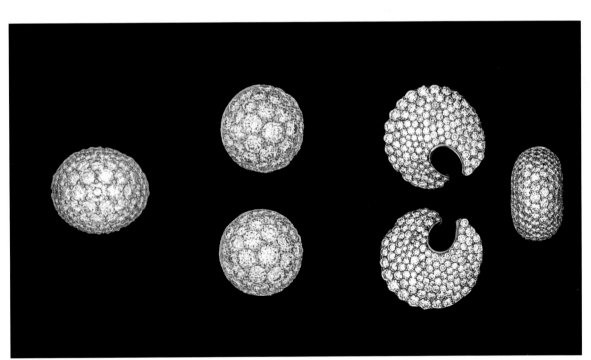

钻石珠宝（一套）

拍卖时间：2002 年 10 月 28 日

估价：US$ 2,500－3,800

钻石耳钉（一对）

拍卖时间：2002 年 10 月 28 日

估价：US$ 3,000－4,000

钻石珠宝（一套）

拍卖时间：2002 年 10 月 28 日

估价：US$ 20,000－30,000

18K 黄金钻石耳钉（一对）
拍卖时间：2002 年 10 月 28 日
估价：US$ 1,900－3,200

黄钻钻石吊环（一对）
拍卖时间：2002 年 10 月 28 日
估价：US$ 75,000－100,000

钻石戒指
拍卖时间：2002 年 10 月 28 日
估价：US$ 8,000－12,000

钻石戒指
拍卖时间：2002 年 10 月 28 日
估价：US$ 10,000－15,000

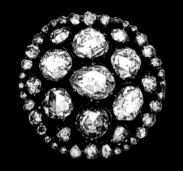

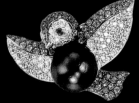

名贵钻石吊坠胸针
拍卖时间：2002 年 10 月 28 日
估价：US\$ 2,000-3,000

多色宝石黑白养珠鸟形胸针
拍卖时间：2002 年 10 月 28 日
估价：US\$ 3,000-4,000

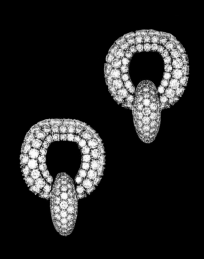

钻石吊环（一对）
拍卖时间：2002 年 10 月 28 日
估价：US\$ 25,000-38,000

天然珍珠钻石耳钉（一对）
拍卖时间：2002 年 10 月 28 日
估价：US\$ 6,000-7,000

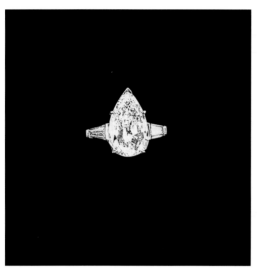

钻石戒指

拍卖时间：1999 年 11 月 2 日

估价：US$ 55,000−62,000

1880 年　钻石花形胸针

拍卖时间：1999 年 11 月 2 日

估价：US$ 32,000−38,000

钻石胸针

拍卖时间：2002 年 10 月 28 日

估价：US$ 5,000−8,000

钻石耳钉（一对）
拍卖时间：2002 年 10 月 28 日
估价：US$ 380,000−500,000

罕有的未经加工的钻石
拍卖时间：2002 年 10 月 28 日
估价：US$ 160,000−310,000

钻石胸针
拍卖时间：2000 年 10 月 24 日
估价：US$ 10,000−15,000

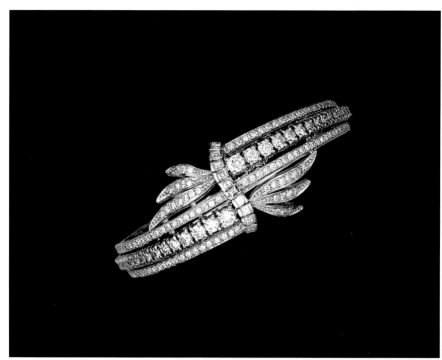

钻石手镯
拍卖时间：2002 年 10 月 28 日
估价：US\$ 3,000−4,000

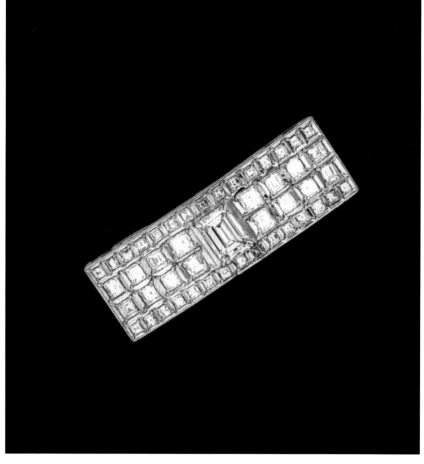

钻石袖扣吊坠
拍卖时间：2002 年 10 月 28 日
估价：US\$ 15,000−25,000

独钻钻石戒指

拍卖时间：2002 年 10 月 28 日

估价：US$ 35,000－58,000

钻石黄钻舞女形吊坠胸针

拍卖时间：2002 年 10 月 28 日

估价：US$ 17,000－25,000

钻石戒指

拍卖时间：2002 年 10 月 28 日

估价：US$ 160,000－200,,000

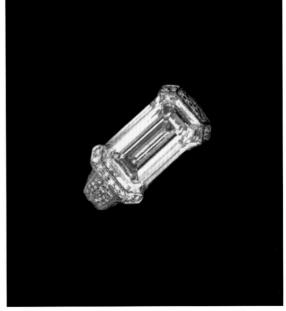

钻石戒指

拍卖时间：2002 年 10 月 28 日

估价：US$ 120,000－150,000

钻石吊环(一对)
拍卖时间：2000 年 10 月 24 日
估价：US$ 30,000−40,000

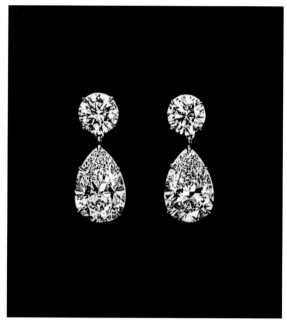

钻石耳钉(一对)
拍卖时间：2000 年 10 月 24 日
估价：US$ 200,000−250,000

1810 年 钻石花形胸坠
拍卖时间：2000 年 10 月 24 日
估价：US$ 30,000−40,000

钻石胸针
拍卖时间：2000 年 10 月 24 日
估价：US$ 50,000−75,000

红宝石

HongBaoShi

宝 石 首 饰 价 值 考 成

　　红宝石是以颜色命名的刚玉类宝石，为天然六方晶系晶体，摩氏硬度9度，密度3.99～4.02，有不透明、半透明、透明三类，其化学组成是三氧化二铝。刚玉在自然界中并不罕见，然而颗粒大到能磨出一粒戒面，颜色美而透明，裂纹少的宝石级刚玉则是十分罕见的。

　　红宝石以颜色命名品种，像"鸽子红"、"石榴红"、"玫瑰紫"都是红宝石中最名贵的品种。"鸽血红"是指色红如鸽血的红宝石；"石榴红"、"玫瑰紫"都是因红宝石其色如石榴花、玫瑰花般鲜艳而得名。有的红宝石还有星光效应，即打磨好之后可见有六道光线集于一点，状如星光；也有两个星光十二道线的，也都很名贵。

　　中国古代称红宝石为"火齐"、"红喇"、"红亚姑"、"蜡子"、"照殿红"等，这些名称有的是音译名、有色名，依时代不同，来源不同，习俗变迁而名不同。从这些命名可知，优质红宝石多产于外国。如巴西出产鲜红宝石，泰国、缅甸、巴基斯坦出产红宝石、玫瑰红宝石，斯里兰卡出产星光红宝石。另外，柬埔寨、澳大利亚、阿富汗等，都是世界知名的红宝石产地。

　　红宝石产量极微，每吨原料能产出20多克拉的红宝石，就算是富矿，而且多是小颗粒状。优质红宝石重量在5克拉以上者都很少见。

　　与红宝石相似的天然红色宝石有红色尖晶石，另有用焰熔法、助熔剂法、水热法、拉晶法制造的人造红、蓝宝石和人造星光红、蓝宝石。

　　另外，红石榴石（紫鸦乌）、红碧玺（红电气石）、红尖晶石等较低档天然宝石也常被用来冒充红宝石。

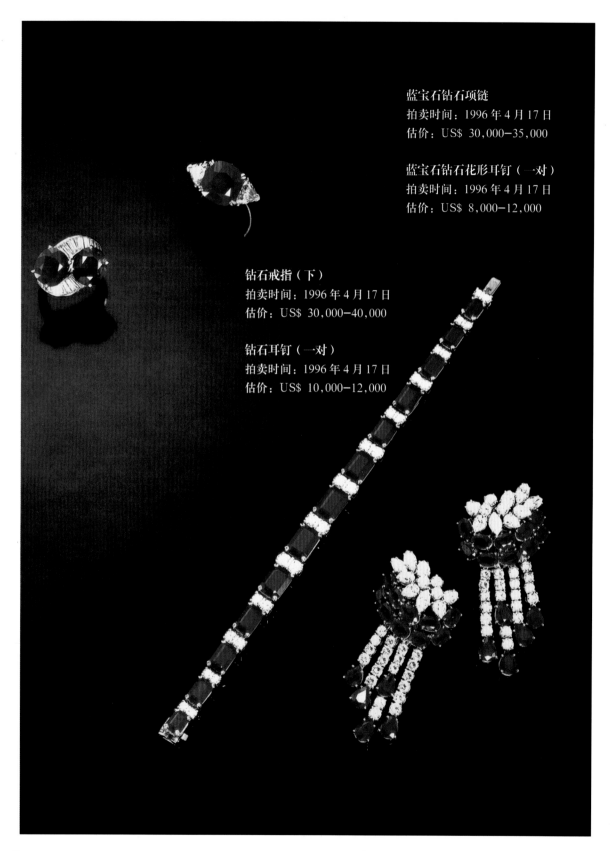

蓝宝石钻石项链
拍卖时间：1996 年 4 月 17 日
估价：US\$ 30,000-35,000

蓝宝石钻石花形耳钉（一对）
拍卖时间：1996 年 4 月 17 日
估价：US\$ 8,000-12,000

钻石戒指（下）
拍卖时间：1996 年 4 月 17 日
估价：US\$ 30,000-40,000

钻石耳钉（一对）
拍卖时间：1996 年 4 月 17 日
估价：US\$ 10,000-12,000

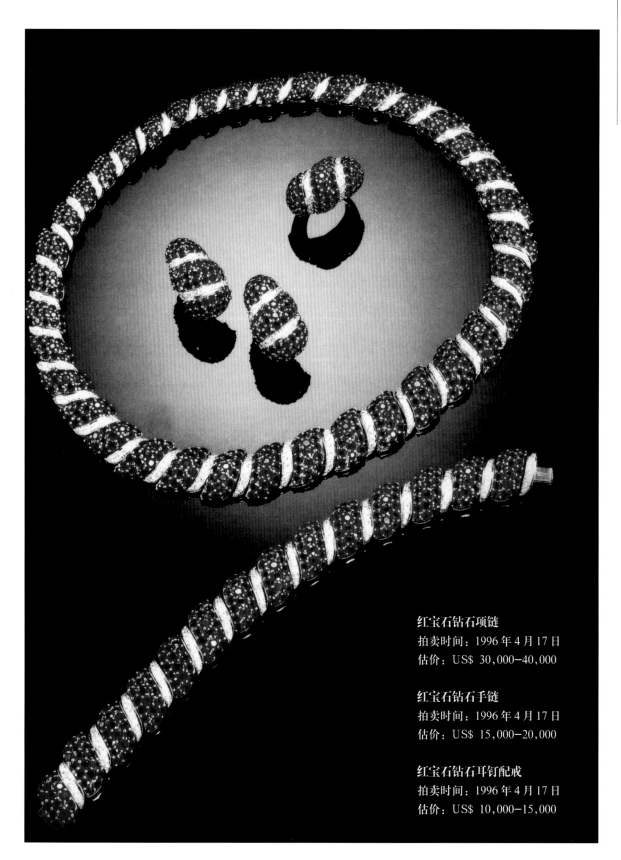

红宝石钻石项链
拍卖时间：1996 年 4 月 17 日
估价：US$ 30,000－40,000

红宝石钻石手链
拍卖时间：1996 年 4 月 17 日
估价：US$ 15,000－20,000

红宝石钻石耳钉配戒
拍卖时间：1996 年 4 月 17 日
估价：US$ 10,000－15,000

钻石戒指
拍卖时间：1996年4月17日
估价：US$ 125,000－150,000

红宝石钻石耳钉（一对）
拍卖时间：1996年4月17日
估价：US$ 60,000－70,000

红宝石钻石戒指
拍卖时间：1996年4月17日
估价：US$ 75,000－100,000

红宝石钻石短项链
拍卖时间：1996年4月17日
估价：US$ 40,000－50,000

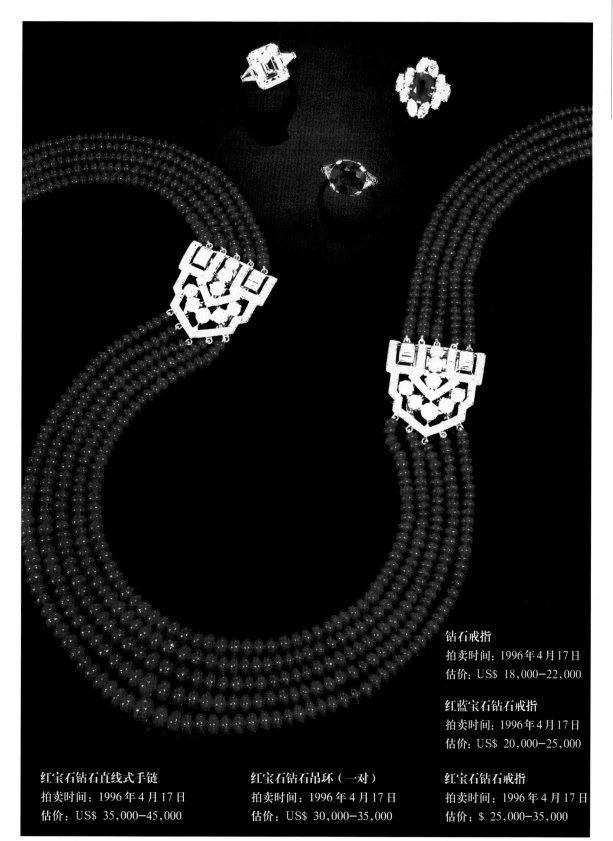

钻石戒指
拍卖时间：1996年4月17日
估价：US$ 18,000－22,000

红蓝宝石钻石戒指
拍卖时间：1996年4月17日
估价：US$ 20,000－25,000

红宝石钻石直线式手链
拍卖时间：1996年4月17日
估价：US$ 35,000－45,000

红宝石钻石吊环（一对）
拍卖时间：1996年4月17日
估价：US$ 30,000－35,000

红宝石钻石戒指
拍卖时间：1996年4月17日
估价：$ 25,000－35,000

黄钻石戒指（上）

拍卖时间：1996 年 4 月 17 日

估价：US$ 80,000—90,000

黄钻石戒指（下）

拍卖时间：1996 年 4 月 17 日

估价：US$ 60,000—70,000

红宝石仿钻戒指（中）

拍卖时间：1996 年 4 月 17 日

估价：US$ 15,000—20,000

圆珠红宝石钻石项链（下）

拍卖时间：1996 年 4 月 17 日

估价：US$ 65,000—75,000

黄钻石红宝石戒指（中）

拍卖时间：1996 年 4 月 17 日

估价：US$ 150,000—175,000

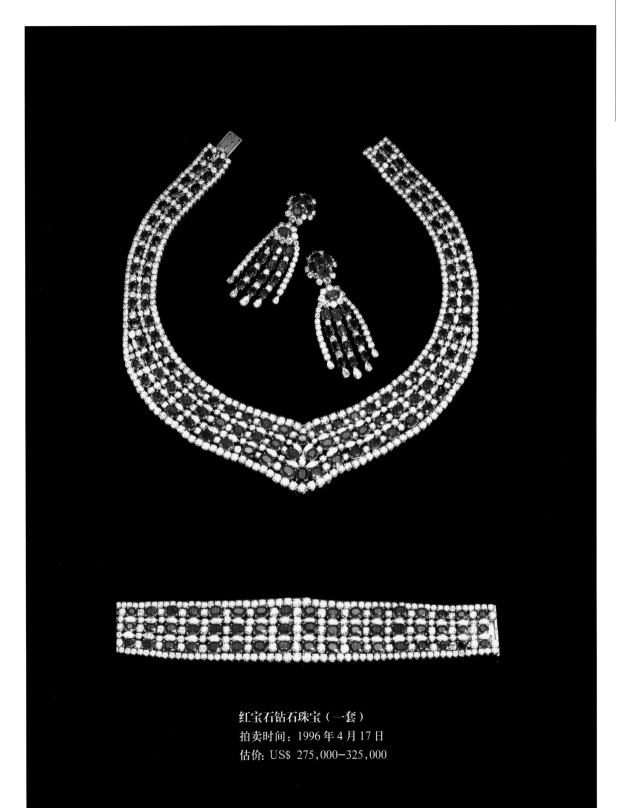

红宝石钻石珠宝（一套）
拍卖时间：1996 年 4 月 17 日
估价：US$ 275,000–325,000

红宝石钻石项链及配套耳钉
拍卖时间：1996 年 4 月 17 日
估价：US$ 150,000—175,000

名贵红宝石钻石戒指
拍卖时间：1996 年 4 月 17 日
估价：US$ 65,000—75,000

红宝石钻石项链
拍卖时间：1996 年 4 月 17 日
估价：US$ 325,000－375,000

红宝石钻石吊环（一对）
拍卖时间：1996 年 4 月 17 日
估价：US$ 125,000－150,000

红宝石钻石戒指
拍卖时间：1996 年 4 月 17 日
估价：US$ 40,000－50,000

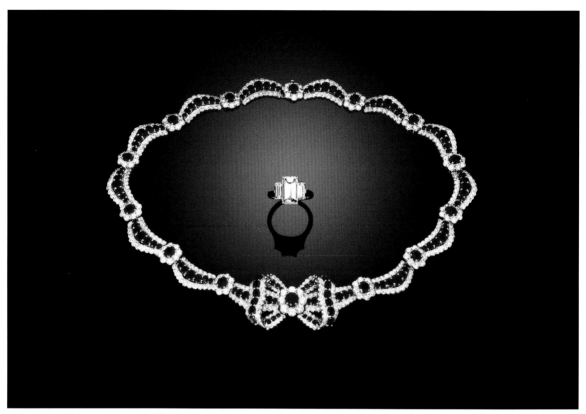

红宝石钻石项链

拍卖时间：2000 年 4 月 12 日

估价：US$ 35,000−45,000

红宝石钻石手链

拍卖时间：2000 年 4 月 12 日

估价：US$ 25,000−30,000

养珠钻石耳钉（一对）

拍卖时间：2000 年 4 月 12 日

估价：US$ 10,000−12,000

钻石戒指

拍卖时间：2000 年 4 月 12 日

估价：US$ 12,000−15,000

红宝石钻石别针胸针

拍卖时间：2002 年 10 月 28 日

估价：US$ 12,000−19,000

1950 年 红宝石钻石项链
拍卖时间：2000 年 10 月 24 日
估价：US$ 80,000-120,000

红宝石钻石吊环一对
拍卖时间：2000 年 10 月 24 日
估价：US$ 25,000-35,000

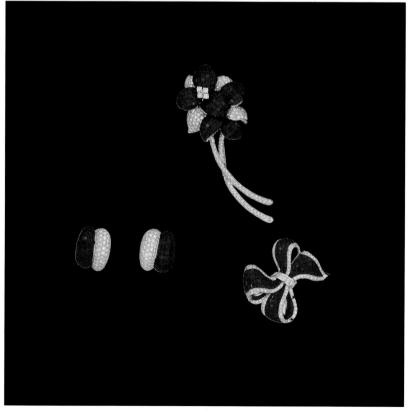

红宝石钻石花形胸针
拍卖时间：2002 年 10 月 28 日
估价：US$ 10,000-15,000

钻石带坠项链（下）
拍卖时间：2002 年 10 月 28 日
估价：US$ 28,000-30,000

红宝石钻石珠宝（一套）
拍卖时间：2002 年 10 月 28 日
估价：US$ 5,000-7,500

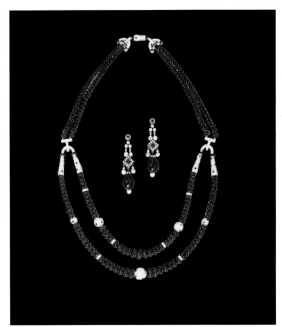

红宝石钻石耳环（一对）

拍卖时间：1999 年 11 月 1 日

估价：US$ 51,000－64,000

圆珠红宝石钻石项链

拍卖时间：2002 年 10 月 28 日

估价：US$ 45,000－50,000

红宝石珍珠耳坠（一对）

拍卖时间：2002 年 10 月 28 日

估价：US$ 20,000－25,000

红宝石钻石项链

拍卖时间：2000 年 10 月 24 日

估价：US$ 80,000－120,000

红宝石钻石耳钉（一对）

拍卖时间：2000 年 10 月 24 日

估价：US$ 20,000－25,000

红宝石钻石戒指

拍卖时间：2000 年 10 月 24 日

估价：US$ 20,000－25,000

白金养珠钻石耳环（一对）
养珠直径13毫米,钻石共重4.10克拉
拍卖时间：1998年4月29日
估价：US$ 18,000-23,000

1930年 白金红宝石钻石戒指
拍卖时间：1998年4月29日
估价：US$ 7,100-8,400

白金钻石戒指
G.I.A证书方形钻石重2.06克拉,D色度VVS$_1$
净度
拍卖时间：1998年4月29日
估价：US$ 22,000-26,000

白金红宝石钻石耳环（一对）
红宝石共重7.80克拉，钻石共重8.35克拉
拍卖时间：1998年4月29日
估价：US$ 28,000-33,000

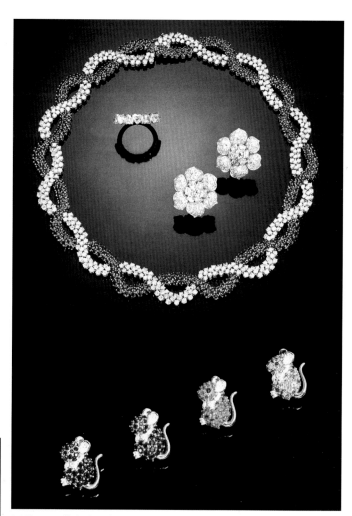

四件**18K**黄金彩石钻石老鼠胸针
拍卖时间：1999年6月9日
估价：US$ 4,000-5,000

深黄钻石戒指
拍卖时间：1999年6月9日
估价：US$ 6,000-7,000

18K白金钻石耳钉（一对）
拍卖时间：1999年6月9日
估价：US$ 7,000-9,000

红宝石钻石项链
拍卖时间：1999年6月9日
估价：US$ 15,000-20,000

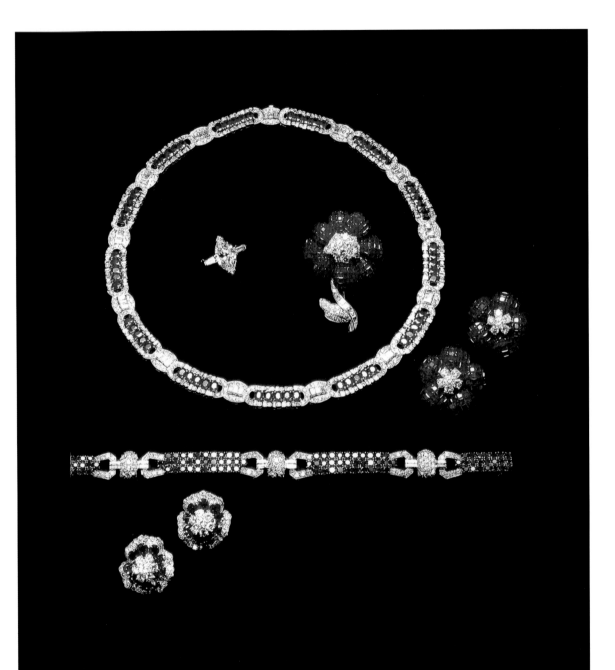

红宝石钻石花形耳钉（一对）
（上）
拍卖时间：1998年9月28日
估价：US\$ 15,000—20,000

红宝石钻石花形胸针
拍卖时间：1998年9月28日
估价：US\$ 10,000—15,000

18开白金红宝石钻石花形耳钉（一对）
（下）
拍卖时间：1998年9月28日
估价：US\$ 6,000—8,000

18开白金红宝石钻石项链
拍卖时间：1998年9月28日
估价：US\$ 18,000—22,000

钻石戒指
拍卖时间：1998年9月28日
估价：US\$ 10,000—15,000

钻石红宝石白金手链
拍卖时间：1998年9月28日
估价US：\$ 6,000—8,000

红宝石钻石戒指
拍卖时间：1999 年 6 月 9 日
估价：US$ 7,000-8,000

三件白金彩石养珠蝴蝶结形胸针
拍卖时间：1999 年 6 月 9 日
估价：US$ 10,000-12,000

18K 白金养珠钻石项链
拍卖时间：1999 年 6 月 9 日
估价：US$ 10,000-12,000

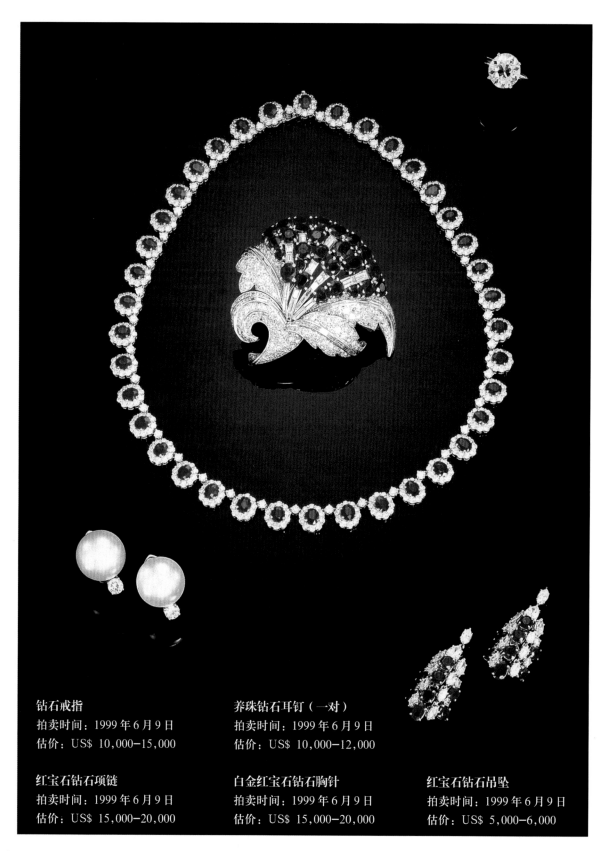

钻石戒指
拍卖时间：1999 年 6 月 9 日
估价：US$ 10,000－15,000

养珠钻石耳钉（一对）
拍卖时间：1999 年 6 月 9 日
估价：US$ 10,000－12,000

红宝石钻石项链
拍卖时间：1999 年 6 月 9 日
估价：US$ 15,000－20,000

白金红宝石钻石胸针
拍卖时间：1999 年 6 月 9 日
估价：US$ 15,000－20,000

红宝石钻石吊坠
拍卖时间：1999 年 6 月 9 日
估价：US$ 5,000－6,000

钻石项链
拍卖时间：1999 年 6 月 9 日
估价：US$ 22,000–28,000

深色红宝石钻石耳钉（一对）
拍卖时间：1999 年 6 月 9 日
估价：US$ 40,000–50,000

钻石红宝石手链
拍卖时间：1999 年 6 月 9 日
估价：US$ 25,000–30,000

深色红宝石钻石戒指
拍卖时间：1999 年 6 月 9 日
估价：US$ 20,000–30,000

钻石戒指

拍卖时间：1999 年 6 月 9 日

估价：US$ 15,000−18,000

红宝石钻石项链及配套耳钉

拍卖时间：1999 年 6 月 9 日

估价：US$ 25,000−30,000

红宝石钻石吊环

拍卖时间：1999 年 6 月 9 日

估价：US$ 8,000−9,000

红宝石钻石戒指

拍卖时间：1999 年 6 月 9 日

估价：US$ 18,000−22,000

18K 黄金红宝石钻石项链
1940 年
拍卖时间：1996 年 12 月 10 日
估价：US$ 15,000-20,000

1940 年 双色金红宝石钻石花
形胸针手镯组合
拍卖时间：1996 年 12 月 10 日
估价：US$ 6,000-8,000

18K 黄金红宝石戒指
拍卖时间：1996 年 12 月 10 日
估价：US$ 5,000-7,000

1940 年 黄金红宝石钻石手
镯式手链
拍卖时间：1996 年 12 月 10 日
估价：US$ 12,000-15,000

1945 年 14K 黄金红宝石钻石
胸针
拍卖时间：1996 年 12 月 10 日
估价：US$ 5,000-6,000

18K 黄金钻石项链
拍卖时间：1996 年 12 月 10 日
估价：US$ 20,000—30,000

红宝石钻石耳钉（一对 上）
拍卖时间：1996 年 12 月 10 日
估价：US$ 8,000—10,000

18K 黄金钻石胸针
拍卖时间：1996 年 12 月 10 日
估价：US$ 4,000—6,000

18K 黄金钻石手链
拍卖时间：1996 年 12 月 10 日
估价：US$ 10,000—12,000

红宝石钻石耳钉（一对 下）
拍卖时间：1996 年 12 月 10 日
估价：US$ 7,500—10,000

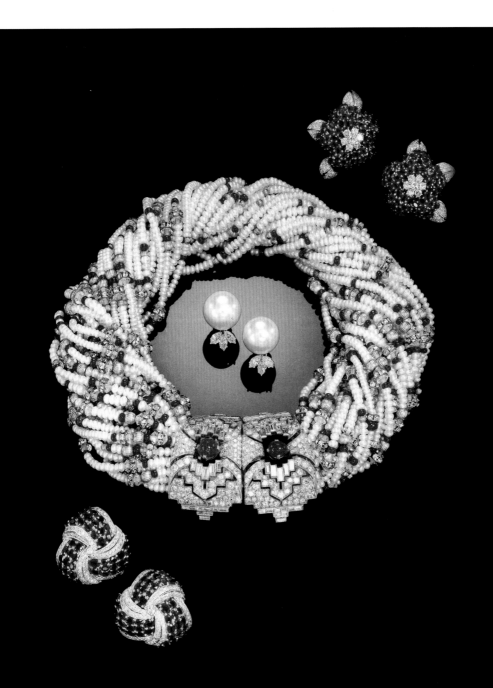

红宝石钻石耳钉（一对 下）
拍卖时间：1996 年 12 月 10 日
估价：US$ 7,500-10,000

红宝石钻石花形耳钉（一对 上）
拍卖时间：1996 年 12 月 10 日
估价：US$ 12,000-15,000

养珠钻石耳钉（一对 中）
拍卖时间：1996 年 12 月 10 日
估价：US$ 6,000-8,000

养珠红宝石钻石项链（中）
拍卖时间：1996 年 12 月 10 日
估价：US$ 10,000-15,000

圆珠红宝石钻石戒指（上）
拍卖时间：1996 年 12 月 10 日
估价：US$ 5,000—7,000

红宝石钻石戒指（下）
拍卖时间：1996 年 12 月 10 日
估价：US$ 4,000—6,000

红宝石钻石花形耳钉（一对）
拍卖时间：1996 年 12 月 10 日
估价：US$ 15,000—20,000

18K 黄金钻石红宝石箍带式项链
拍卖时间：1996 年 12 月 10 日
估价：US$ 24,000—28,000

红宝石钻石双别针
拍卖时间：1997 年 11 月 18 日
估价：US$ 12,000-20,000

红宝石钻石手链
拍卖时间：1997 年 11 月 18 日
估价：US$ 25,000-35,000

1935 年 钻石双别针
拍卖时间：1997 年 11 月 18 日
估价：US$ 20,000-30,000

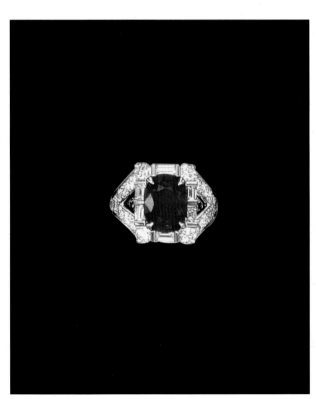

红宝石钻石戒指
拍卖时间：1999 年 11 月 1 日
估价：US$ 38,000-51,000

1880 年 红宝石钻石项链及配套吊环（一对）
拍卖时间：1997 年 11 月 18 日
估价：US$ 60,000−80,000

1890 年钻石小珍珠皇冠
拍卖时间：1997 年 11 月 18 日
估价：US$ 35,000−45,000

1920年 红宝石钻石手链
拍卖时间：1996年4月17日
估价：US$ 6,000-8,000

1930年 钻石项链
拍卖时间：1996年4月17日
估价：US$ 8,000-10,000

1930年 钻石手链式女装表
拍卖时间：1996年4月17日
估价：US$ 7,000-9,000

1920年 圆珠红宝石钻石手链
拍卖时间：1996年4月17日
估价：US$ 10,000-12,000

钻石叶形胸针
拍卖时间：1996年4月17日
估价：US$ 20,000-25,000

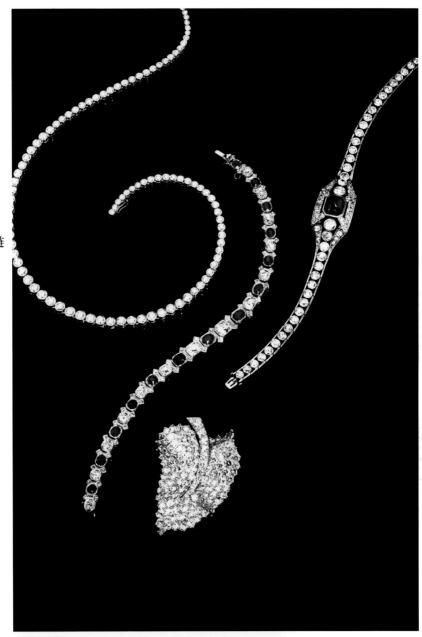

1915年 红宝石钻石手链
拍卖时间：2003年9月16日
估价：US$ 1,000-1,500

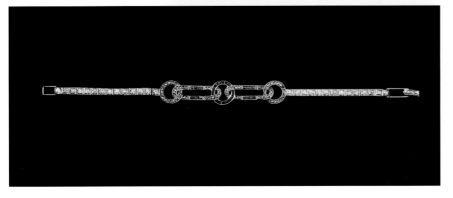

红宝石钻石项链
拍卖时间：1999 年 11 月 1 日
估价：US$ 26,000-33,000

红宝石钻石戒指
拍卖时间：1999 年 11 月 1 日
估价：US$ 5,150-6,450

红宝石钻石耳钉（一对）
拍卖时间：1999 年 11 月 1 日
估价：US$ 10,500-12,000

钻石手链
拍卖时间：1999 年 11 月 1 日
估价：US$ 3,300-4,500

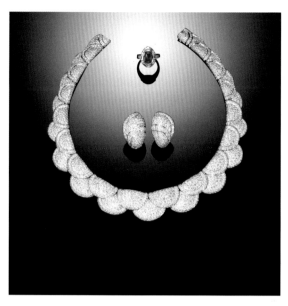

红宝石钻石戒指
估价：US$ 5,800−6,400
拍卖时间：1999 年 11 月 1 日

钻石项链及戒指
估价：US$ 32,500−38,500
拍卖时间：1999 年 11 月 1 日

红宝石钻石铰链式手镯
拍卖时间：1998 年 10 月 8 日
估价：US$ 3,100−3,800

红电气石钻石项链戒指
拍卖时间：1999 年 11 月 1 日
估价：US$ 15,000−20,000

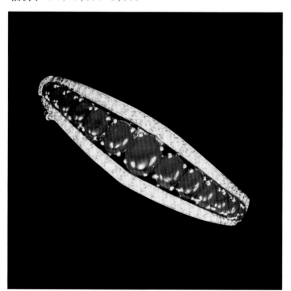

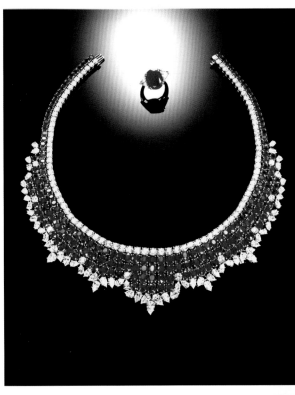

红宝石钻石项链

拍卖时间：1996 年 4 月 17 日

估价：US$ 300,000-350,000

红宝石钻石戒指

拍卖时间：1996 年 4 月 17 日

估价：US$ 325,000-375,000

红宝石钻石带坠项链

拍卖时间：1997 年 10 月 30 日

估价：US$ 800,000-1,000,000

1925 年 红宝石钻石戒指
拍卖时间：1999 年 6 月 9 日
估价：US$ 10,000−12,000

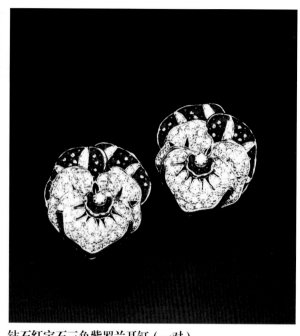

钻石红宝石三色紫罗兰耳钉（一对）
拍卖时间：1996 年 4 月 17 日
估价：US$ 12,000−15,000

红宝石钻石戒指
拍卖时间：2000 年 10 月 24 日
估价：US$ 150,000−200,000

红星石黄钻戒指
拍卖时间：1999 年 11 月 2 日
估价：US$ 17,000−23,000

1925 年　白金红宝石钻石耳环（一对）
拍卖时间：1998 年 4 月 29 日
估价：US$ 11,000—13,000

1915 年　钻石红宝石戒指
拍卖时间：1999 年 6 月 9 日
估价：US$ 8,000—10,000

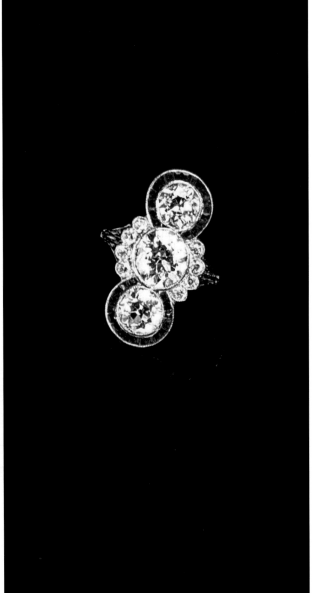

钻石红宝石戒指
拍卖时间：1999 年 6 月 9 日
估价：US$ 12,000—15,000

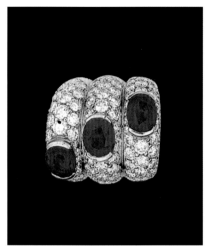

红宝石钻石戒指
拍卖时间：2002 年 10 月 28 日
估价：US$ 15,000−25,000

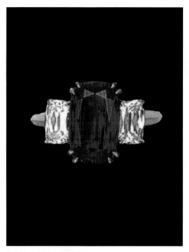

红宝石钻石戒指
拍卖时间：2002 年 10 月 28 日
估价：US$ 120,000−150,000

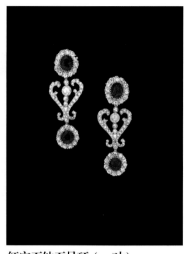

红宝石钻石吊环（一对）
拍卖时间：2002 年 10 月 28 日
估价：US$ 18,000−25,000

18K 黄金红宝石钻石吊环
红宝石共重 51.00 克拉，
拍卖时间：1998 年 11 月 3 日
估价：US$ 15,000−20,000

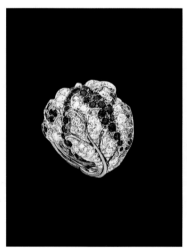

黄金白金红宝石钻石戒指
拍卖时间：2000 年 4 月 12 日
估价：US$ 5,000−7,000

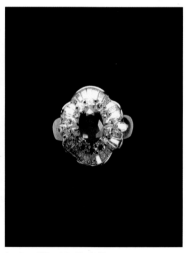

红宝石钻石女装戒指
拍卖时间：1996 年 1 月 28 日
估价：RMB50,000−60,000

红宝石钻石耳环（一对）
拍卖时间：2002 年 10 月 28 日
估价：US$ 258,000－340,000

红宝石钻石花形别针胸针吊坠
拍卖时间：2002 年 10 月 28 日
估价：US$ 15,000－22,000

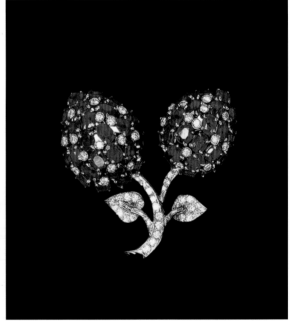

红宝石钻石胸针
拍卖时间：1999 年 11 月 1 日
估价：US$ 2,600－3,900

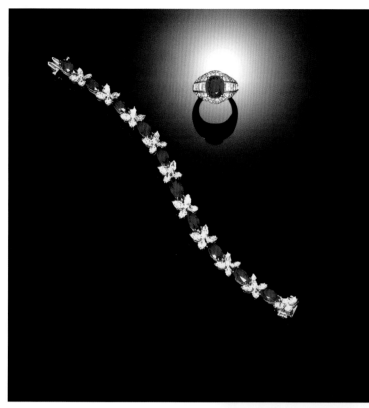

红宝石钻石戒指
拍卖时间：2000 年 10 月 24 日
估价：US$ 200,000−250,000

红宝石钻石手链
拍卖时间：2000 年 10 月 24 日
估价：US$ 60,000−80,000

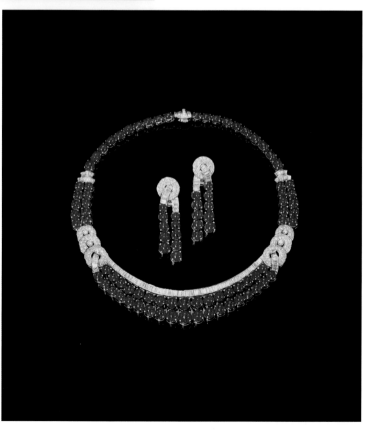

红宝石钻石项链吊环
拍卖时间：1999 年 11 月 1 日
估价：US$ 41,500−45,000

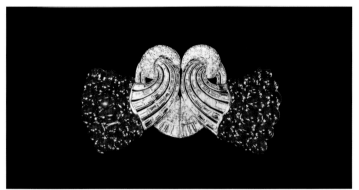

1935 年　红宝石钻石双别针胸针
拍卖时间：1999 年 11 月 1 日
估价：US\$ 15,500−19,500

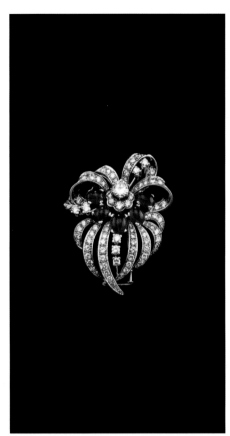

1960 年　红星石钻石胸针
拍卖时间：2003 年 9 月 16 日
估价：US\$ 2,500−3,000

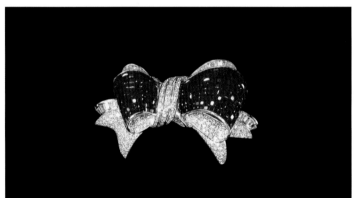

红宝石钻石蝴蝶结胸针
拍卖时间：1999 年 11 月 1 日
估价：US\$ 3,300−4,500

1920 年　红宝石钻石吊坠
拍卖时间：2003 年 9 月 16 日
估价：US\$ 5,000−7,000

蓝宝石

LanBaoShi

宝 石 首 饰 价 值 考 成

蓝宝石是以颜色命名的刚玉类宝石。与红宝石一样，也是六方晶系，晶体产出，摩氏硬度9度，密度 3.99~4.02，有不透明，半透明、透明三类，颜色有蓝、黄、白、黑等多种(黄色刚玉宝石被称为黄宝石，还有白宝石和黑宝石，但一般都列入蓝宝石中)。由于蓝宝石产出量比红宝石多，故不如红宝石名贵，但也是极珍贵宝石品种。

世界上最好的蓝宝石产于缅甸。泰国、斯里兰卡、澳大利亚和我国山东也有蓝宝石产出，但颜色不好，发暗发黑，必须经过高温加热改色才能制成宝石成品。

蓝宝石的蓝色好坏对价值影响很大。透明度和裂纹也影响它的质量。颜色不好的蓝宝石可加温处理成优质宝石。

蓝宝石中也有的有星光效应，即呈六道光线集于一点，状如星光，也有两个星光十二道线的，很名贵。

透明刚玉宝石常磨成刻面宝石出售。半透明至不透明的磨成素面。有星光的磨成素面，取星光在素面的正中，即左右前后移动都可见星光六道线。

人造刚玉宝石在中国被称为"卢滨石"。人造星光红、蓝宝石也见于市场，价格与天然红、蓝宝石相差悬殊。

另外，蓝色黄玉、海蓝宝石、蓝尖晶石、蓝碧玺、坦桑石、蓝玻璃等，也常冒充蓝宝石。此外还有大量次品蓝宝石用高温改色、渗色、镀膜、注油、蜡、塑料、玻璃等工艺处理过，用来冒充高档蓝宝石。

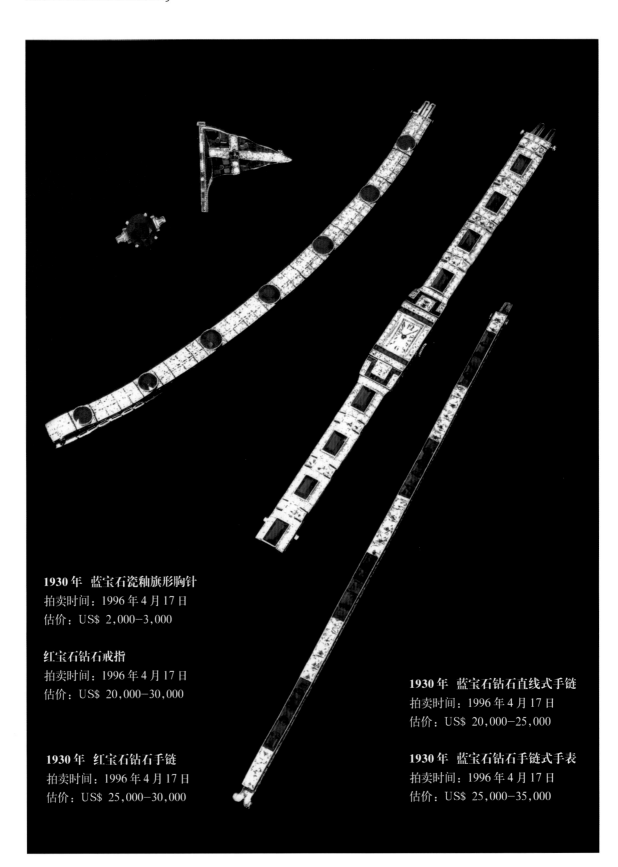

1930 年 蓝宝石瓷釉旗形胸针
拍卖时间：1996 年 4 月 17 日
估价：US$ 2,000–3,000

红宝石钻石戒指
拍卖时间：1996 年 4 月 17 日
估价：US$ 20,000–30,000

1930 年 蓝宝石钻石直线式手链
拍卖时间：1996 年 4 月 17 日
估价：US$ 20,000–25,000

1930 年 红宝石钻石手链
拍卖时间：1996 年 4 月 17 日
估价：US$ 25,000–30,000

1930 年 蓝宝石钻石手链式手表
拍卖时间：1996 年 4 月 17 日
估价：US$ 25,000–35,000

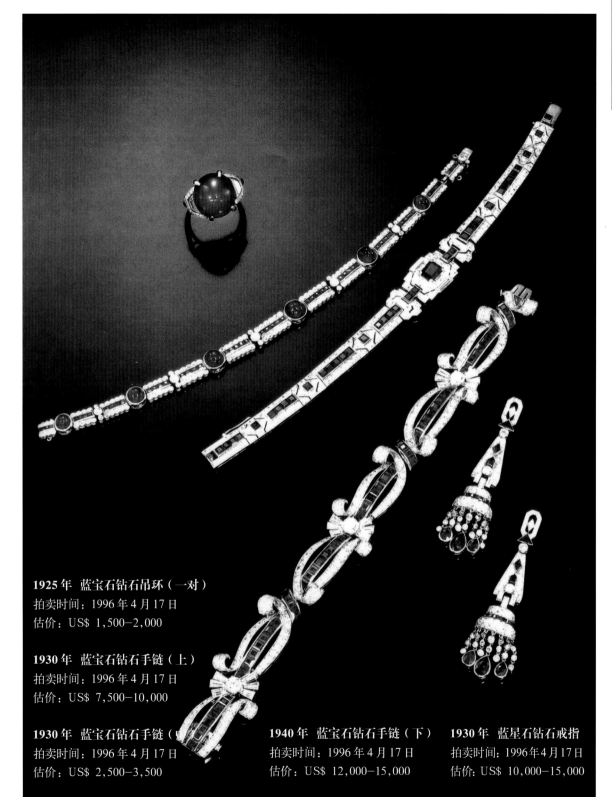

1925 年 蓝宝石钻石吊环（一对）
拍卖时间：1996 年 4 月 17 日
估价：US$ 1,500－2,000

1930 年 蓝宝石钻石手链（上）
拍卖时间：1996 年 4 月 17 日
估价：US$ 7,500－10,000

1930 年 蓝宝石钻石手链（中）
拍卖时间：1996 年 4 月 17 日
估价：US$ 2,500－3,500

1940 年 蓝宝石钻石手链（下）
拍卖时间：1996 年 4 月 17 日
估价：US$ 12,000－15,000

1930 年 蓝星石钻石戒指
拍卖时间：1996 年 4 月 17 日
估价：US$ 10,000－15,000

圆珠蓝宝石钻石手链
拍卖时间：1996 年 4 月 17 日
估价：US$ 15,000－20,000

蓝宝石钻石戒指（上）
拍卖时间：1996 年 4 月 17 日
估价：US$ 20,000－25,000

蓝宝石钻石耳环（一对）
拍卖时间：1996 年 4 月 17 日
估价：US$ 10,000－12,000

钻石黄蓝宝石三色紫罗兰耳钉
（一对）
拍卖时间：1996 年 4 月 17 日
估价：US$ 10,000－15,000

蓝宝石钻石兰花式胸针及配套
耳钉
估价：US$ 10,000－12,000
拍卖时间：1996 年 4 月 17 日

蓝宝石钻石戒指（下）
拍卖时间：1996 年 4 月 17 日
估价：US$ 15,000－20,000

蓝宝石钻石耳环戒指
拍卖时间：2000 年 10 月 24 日
估价：US$ 18,000－22,000

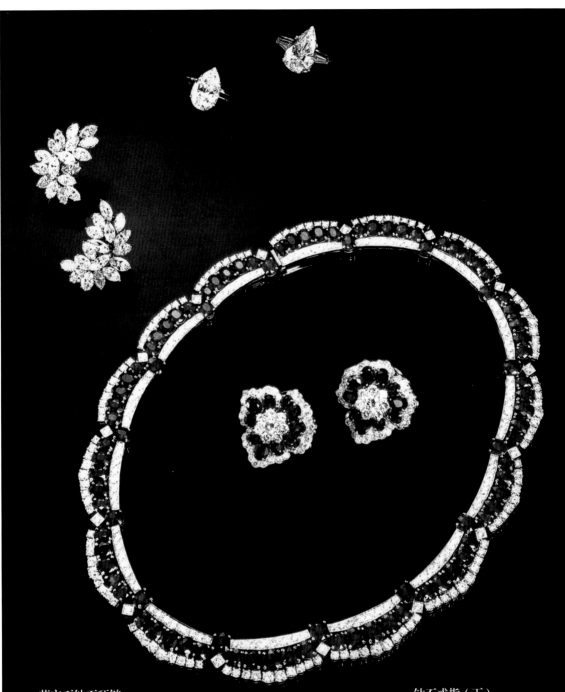

蓝宝石钻石项链
拍卖时间：1996 年 4 月 17 日
估价：US$ 30,000–35,000

蓝宝石钻石花形耳钉（一对）
拍卖时间：1996 年 4 月 17 日
估价：US$ 8,000–12,000

钻石戒指（上）
拍卖时间：1996 年 4 月 17 日
估价：US$ 30,000–35,00

钻石戒指（下）
拍卖时间：1996 年 4 月 17 日
估价：US$ 30,000–40,000

钻石耳钉（一对）
拍卖时间：1996 年 4 月 17 日
估价：US$ 10,000–12,000

蓝宝石袖扣（上）
拍卖时间：1996 年 4 月 17 日
估价：US$ 5,000-6,000

蓝宝石钻石袖扣（下）
拍卖时间：1996 年 4 月 17 日
估价：US$ 4,000-6,000

红宝石钻石袖扣（上）
拍卖时间：1996 年 4 月 17 日
估价：US$ 30,000-40,000

红宝石袖扣（下）
拍卖时间：1996 年 4 月 17 日
估价：US$6,000-8,000

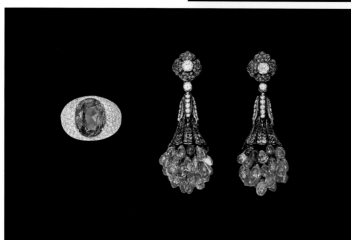

蓝宝石钻石耳坠（一对）
拍卖时间：2002 年 10 月 28 日
估价：US$ 5,000-7,000

蓝宝石钻石戒指
拍卖时间：2002 年 10 月 28 日
估价：US$ 8,000-10,000

蓝宝石钻石手链
拍卖时间：1996 年 4 月 17 日
估价：US$ 40,000−50,000

圆珠蓝宝石钻石戒指
拍卖时间：1996 年 4 月 17 日
估价：US$ 150,000−175,000

钻石戒指
拍卖时间：1996 年 4 月 17 日
估价：US$ 200,000−225,000

钻石戒指
拍卖时间：1996年4月17日
估价：US$ 90,000—100,000

蓝宝石钻石项链
拍卖时间：1996年4月17日
估价：US$ 150,000—200,000

蓝宝石钻石手链
拍卖时间：1996年4月17日
估价：US$ 40,000—50,000

蓝宝石钻石叶形胸针
拍卖时间：1996 年 4 月 17 日
估价：US$ 50,000—70,000

蓝宝石钻石叶形耳钉（一对）
拍卖时间：1996 年 4 月 17 日
估价：US$ 25,000—30,000

钻石戒指
拍卖时间：1996 年 4 月 17 日
估价：US$ 100,000—125,000

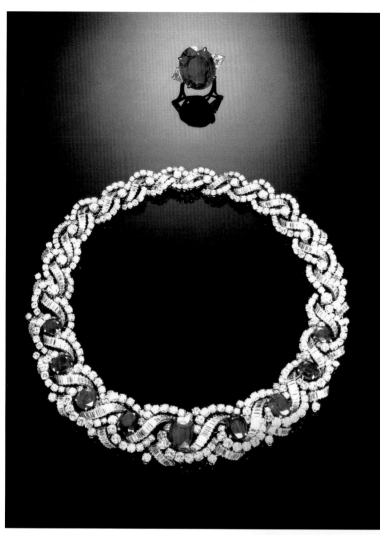

蓝宝石钻石项链
拍卖时间：1996 年 4 月 17 日
估价：US$ 170,000−200,000

蓝宝石钻石戒指
拍卖时间：1996 年 4 月 17 日
估价：US$ 165,000−175,000

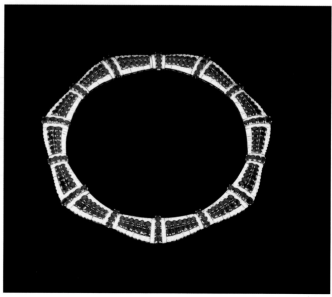

蓝宝石钻石项链
拍卖时间：2000 年 4 月 12 日
估价：US$ 25,000−35,000

钻石项链
拍卖时间：2000 年 4 月 12 日
估价：US$ 75,000－100,000

钻石耳环（一对）
拍卖时间：2000 年 4 月 12 日
估价：US$ 50,000－60,000

蓝宝石钻石胸针
拍卖时间：2000 年 4 月 12 日
估价：US$ 16,000－18,000

钻石花簇形耳钉（一对）
拍卖时间：2000 年 4 月 12 日
估价：US$ 12,000－15,000

蓝宝石钻石戒指
拍卖时间：2000 年 4 月 12 日
估价：US$ 18,000－20,000

蓝宝石钻石手链
拍卖时间：2000 年 4 月 12 日
估价：US$ 40,000－60,000

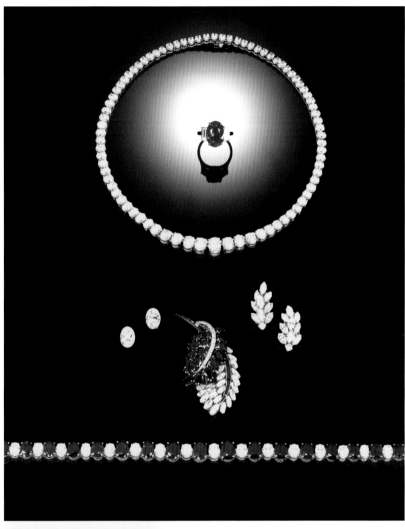

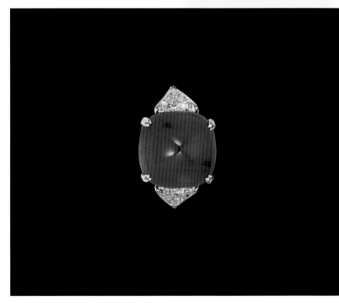

蓝宝石钻石戒指
拍卖时间：2002 年 10 月 28 日
估价：US$ 50,000－75,000

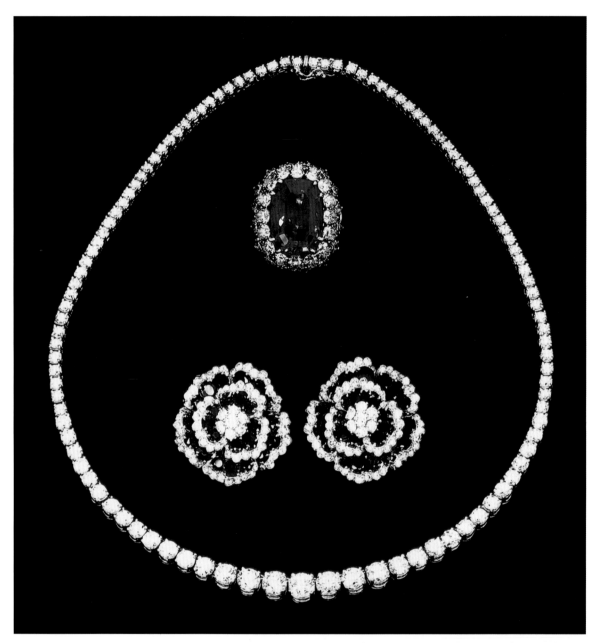

蓝宝石钻石戒指
拍卖时间：2000 年 4 月 12 日
估价：US$ 20,000~30,000

钻石项链
拍卖时间：2000 年 4 月 12 日
估价：US$ 25,000~35,000

1966 年 蓝宝石钻石山茶花形袖扣
拍卖时间：2000 年 4 月 12 日
估价：US$ 15,000~20,000

18K 白金钻石戒指
拍卖时间：1998 年 9 月 28 日
估价：US\$ 2,500－3,500

18K 白金蓝宝石钻石项链
拍卖时间：1998 年 9 月 28 日
估价：US\$ 10,000－15,000

18K 白金蓝宝石钻石手链
拍卖时间：1998 年 9 月 28 日
估价：US\$ 4,000－6,000

18K 白金养珠钻石耳钉（一对）
拍卖时间：1998 年 9 月 28 日
估价：US\$ 7,000－9,000

蓝宝石钻石戒指
拍卖时间：1998 年 9 月 28 日
估价：US\$ 12,000－15,000

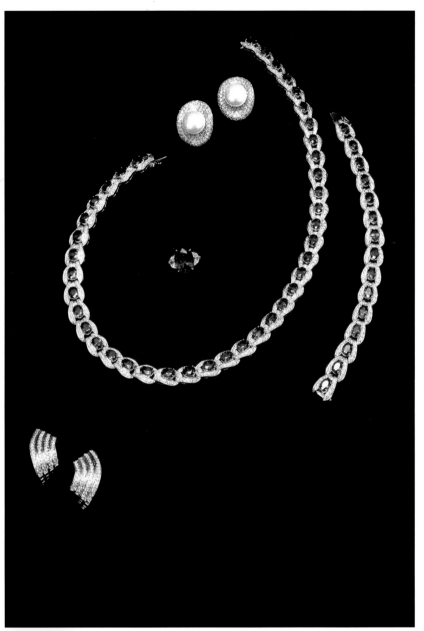

铂金钻石蓝宝石戒指
拍卖时间：1997 年 12 月 7 日
估价：RMB170,000－180,000

蓝宝石钻石花形胸针及耳钉（一对）
拍卖时间：1996 年 4 月 17 日
估价：US$ 10,000－12,000

蓝宝石戒指
拍卖时间：1996 年 1 月 28 日
估价：RMB300,000－360,000

蓝宝石钻石耳钉（一对 上中）
拍卖时间：1996 年 12 月 10 日
估价：US$ 4,000－5,000

蓝宝石钻石戒指（中右）
拍卖时间：1996 年 12 月 10 日
估价：US$ 5,000－6,000

蓝宝石钻石项链（上）
拍卖时间：1996 年 12 月 10 日
估价：US$ 18,000－22,000

蓝宝石钻石手链（中）
拍卖时间：1996 年 12 月 10 日
估价：US$ 7,500－10,000

蓝宝石钻石耳钉（下）
拍卖时间：1996 年 12 月 10 日
估价：US$ 5,000－6,000

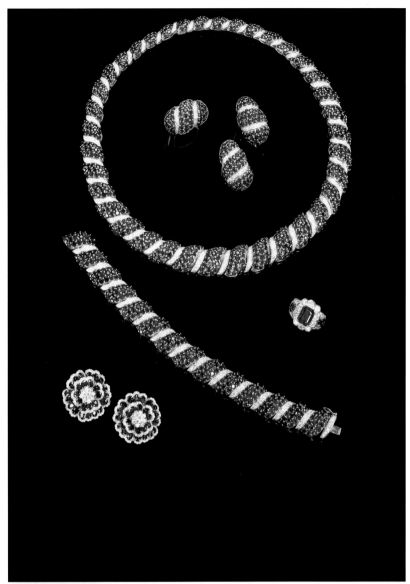

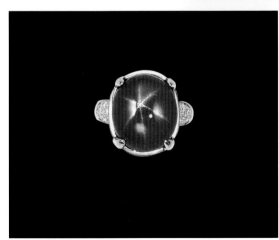

蓝星石钻石戒指
拍卖时间：2002 年 10 月 28 日
估价：US$ 58,000－75,000

蓝宝石钻石项链
拍卖时间：2000年10月24日
估价：US\$ 70,000-90,000

蓝宝石钻石戒指
拍卖时间：2000年10月24日
估价：US\$ 35,000-45,000

蓝宝石钻石耳钉（一对）
拍卖时间：2000年10月24日
估价：US\$ 50,000-60,000

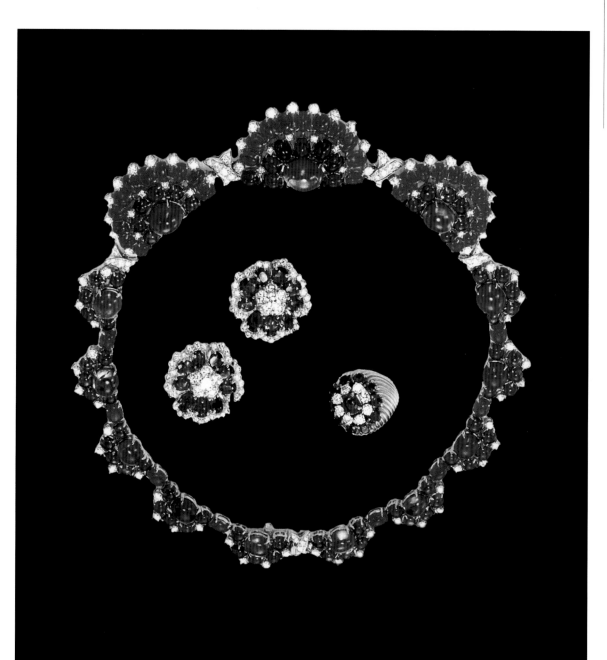

粉红色蓝色蓝宝石钻石项链
拍卖时间：2000 年 10 月 24 日
估价：US$ 45,000-55,000

蓝宝石钻石戒指
拍卖时间：2000 年 10 月 24 日
估价：US$ 120,000-160,000

蓝宝石钻石蜻蜓形胸针
拍卖时间：1996 年 12 月 10 日
估价：US$ 15,000—20,000

钻石戒指
拍卖时间：1996 年 12 月 10 日
估价：US$ 1,500—2,000

蓝宝石钻石坠子状胸针
拍卖时间：1996 年 12 月 10 日
估价：US$ 8,000—10,000

乔治亚钻石皇冠胸针
拍卖时间：1996 年 12 月 10 日
估价：US$ 9,000—12,000

18 世纪 珍贵钻石手链
拍卖时间：1996 年 12 月 10 日
估价：US$ 20,000—30,000

蓝宝石钻石戒指
拍卖时间：2000 年 10 月 24 日
估价：US$ 20,000–25,000

1920 年 蓝宝石钻石手链
拍卖时间：2000 年 10 月 24 日
估价：US$ 12,000–15,000

1935 年 钻石手链式手表
拍卖时间：2000 年 10 月 24 日
估价：US$ 7,000–9,000

1935 年 钻石项链
拍卖时间：2000 年 10 月 24 日
估价：US$ 30,000–35,000

1925 年 圆珠蓝宝石钻石胸针
拍卖时间：2000 年 10 月 24 日
估价：US$ 15,000–20,000

蓝宝石钻石项链
拍卖时间：2000 年 10 月 24 日
估价：US$ 35,000-45,000

蓝宝石钻石戒指
拍卖时间：2000 年 10 月 24 日
估价：US$ 25,000-30,000

蓝宝石钻石项链及耳钉
拍卖时间：2000 年 10 月 24 日
估价：US$ 30,000-40,000

钻石戒指
拍卖时间：2000 年 10 月 24 日
估价：US$ 4,000-6,000

1935 年 蓝宝石钻石手链
拍卖时间：1996 年 4 月 17 日
估价：US$ 640,000-680,000

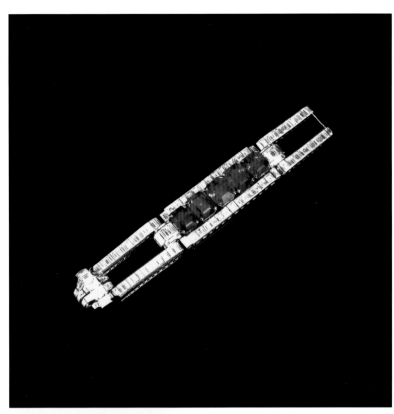

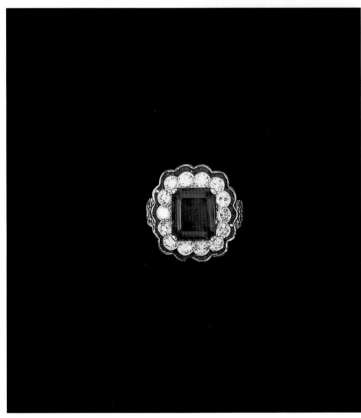

蓝宝石钻石戒指
拍卖时间：1999 年 11 月 1 日
估价：US$ 4,600-5,800

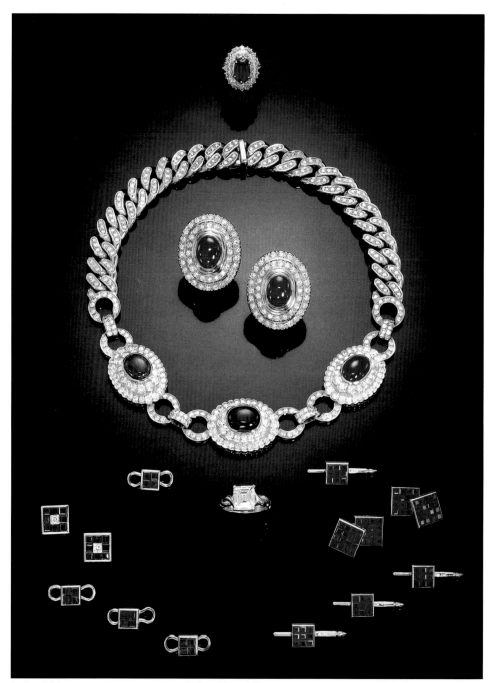

红宝石袖扣

拍卖时间：1996 年 12 月 10 日

估价：US$ 6,000–8,000

蓝宝石钻石袖扣

拍卖时间：1996 年 12 月 10 日

估价：US$ 4,000–5,000

蓝宝石钻石戒指

拍卖时间：1996 年 12 月 10 日

估价：US$ 5,000–6,000

18K 黄金彩石项链耳钉

拍卖时间：1996 年 12 月 10 日

估价：US$ 15,000–20,000

钻石戒指

拍卖时间：1996 年 12 月 10 日

估价：US$ 35,000–40,000

珠蓝宝石钻石项链
拍卖时间：1996 年 12 月 10 日
估价：US$ 25,000−30,000

蓝星石钻石戒指
拍卖时间：1996 年 12 月 10 日
估价：US$ 20,000−25,000

钻石蝴蝶结胸针
拍卖时间：1996 年 12 月 10 日
估价：US$ 10,000−12,000

圆珠蓝宝石钻石耳钉（一对）
拍卖时间：1996 年 12 月 10 日
估价：US$ 5,000−6,000

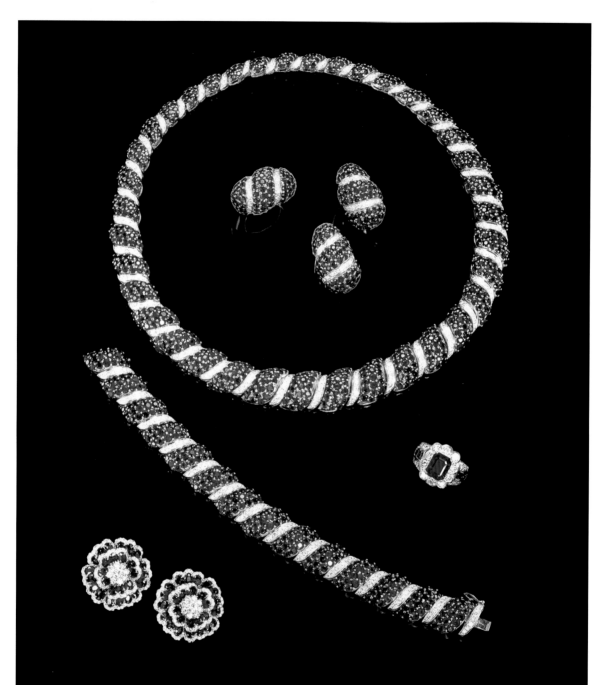

蓝宝石钻石耳钉（一对）
拍卖时间：1996 年 12 月 10 日
估价：US$ 4,000－5,000

蓝宝石钻石项链
拍卖时间：1996 年 12 月 10 日
估价：US$ 18,000－22,000

蓝宝石钻石耳钉一对戒指
拍卖时间：1996 年 12 月 10 日
估价：US$ 5,000－6,000

蓝宝石钻石戒指
拍卖时间：1996 年 12 月 10 日
估价：US$ 5,000－6,000

蓝宝石钻石手链
拍卖时间：1996 年 12 月 10 日
估价：US$ 7,500－10,000

蓝宝石黄钻石戒指（上）
拍卖时间：1996 年 12 月 10 日
估价：US$ 5,000–6,000

蓝宝石钻石戒指（下）
拍卖时间：1996 年 12 月 10 日
估价：US$ 6,500–7,500

蓝宝石钻石耳钉一对戒指
拍卖时间：1996 年 12 月 10 日
估价：US$ 6,000–8,000

黄钻石蓝宝石戒指（中）
拍卖时间：1996 年 12 月 10 日
估价：US$ 18,000–22,000

蓝宝石钻石项链
拍卖时间：1996 年 12 月 10 日
估价：US$ 30,000–40,000

圆珠蓝宝石钻石戒指（上）
拍卖时间：1996 年 12 月 10 日
估价：US$ 2,500—3,000

钻石戒指
拍卖时间：1996 年 12 月 10 日
估价：US$ 15,000—20,000

红宝石钻石戒指
拍卖时间：1996 年 12 月 10 日
估价：US$ 10,000—12,000

圆珠蓝宝石钻石戒指（下）
拍卖时间：1996 年 12 月 10 日
估价：US$ 25,000—30,000

钻石彩石项链
拍卖时间：1996 年 12 月 10 日
估价：US$ 20,000—25,000

钻石彩石手链
拍卖时间：1996 年 12 月 10 日
估价：US$ 28,000—32,000

18K 白金蓝宝石钻石戒指
拍卖时间：1998 年 4 月 29 日
估价：US$ 90,000—103,000

**1950 年 养珠项链及蓝宝石
钻石耳钉（一对）**

拍卖时间：1997 年 11 月 18 日

估价：US$ 9,000—15,000

**19 世纪晚期 钻石百合花形
胸针**

拍卖时间：1997 年 11 月 18 日

估价：$ 3,800—4,600

圆珠蓝宝石钻石项链

拍卖时间：1997 年 11 月 18 日

估价：US$ 12,000—18, 000

1950 年 钻石胸针

拍卖时间：1997 年 11 月 18 日

估价：US$ 15,000—20,000

白金蓝宝石钻石戒指

拍卖时间：1998 年 4 月 29 日

估价：US$ 71,000—77,000

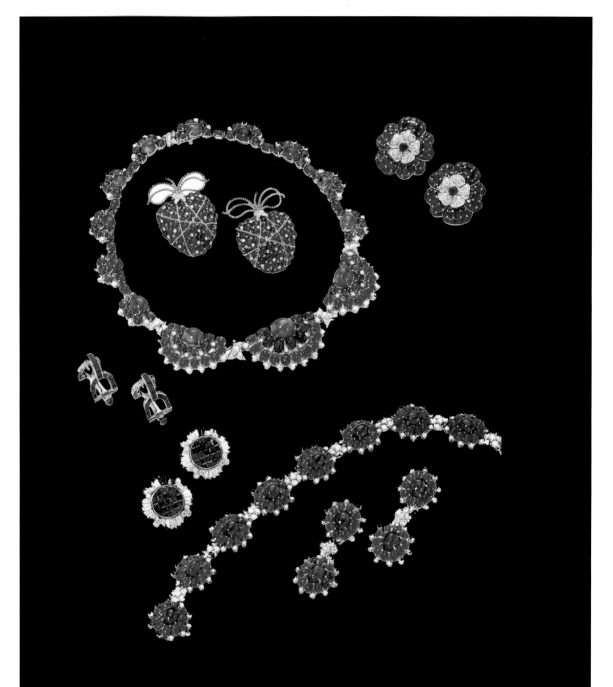

蓝宝石钻石项链
拍卖时间：1997 年 11 月 18 日
估价：US$ 12,000-20,000

红宝石钻石耳钉（一对）（上）
拍卖时间：1997 年 11 月 18 日
估价：US$ 10,000-15,000

深色红宝石钻石耳钉（一对）（中）
拍卖时间：1997 年 11 月 18 日
估价：US$ 12,000-20,000

蓝红宝石钻石手链及耳钉
拍卖时间：1997 年 11 月 18 日
估价：US$ 10,000-12,000

圆珠红宝石钻石耳钉（一对）（下）
拍卖时间：1997 年 11 月 18 日
估价：US$ 6,000-20,000

红宝石袖扣（一对）
拍卖时间：1997 年 11 月 18 日
估价：US$ 6,000-8,000

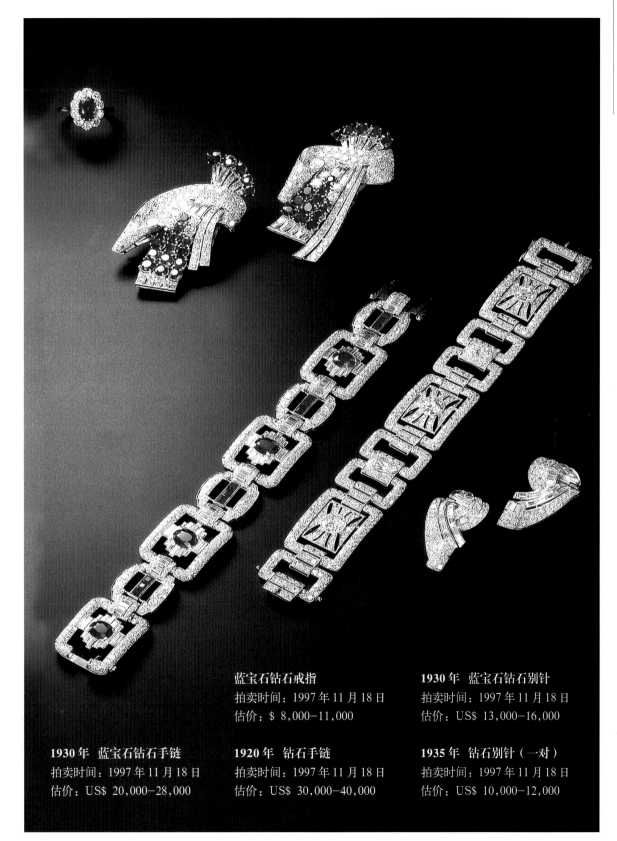

蓝宝石钻石戒指
拍卖时间：1997年11月18日
估价：$ 8,000-11,000

1930年 蓝宝石钻石别针
拍卖时间：1997年11月18日
估价：US$ 13,000-16,000

1930年 蓝宝石钻石手链
拍卖时间：1997年11月18日
估价：US$ 20,000-28,000

1920年 钻石手链
拍卖时间：1997年11月18日
估价：US$ 30,000-40,000

1935年 钻石别针（一对）
拍卖时间：1997年11月18日
估价：US$ 10,000-12,000

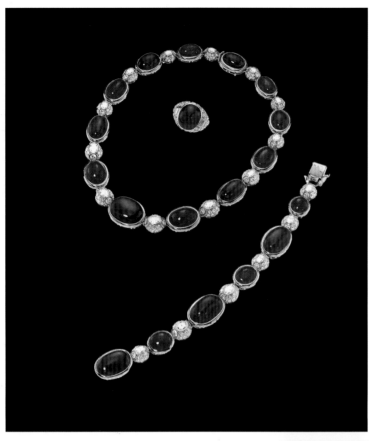

圆珠蓝红宝石钻石项链及手链
拍卖时间：1997 年 11 月 18 日
估价：US$ 50,000−60,000

圆珠蓝宝石钻石戒指
拍卖时间：1997 年 11 月 18 日
估价：US$ 35,000−45,000

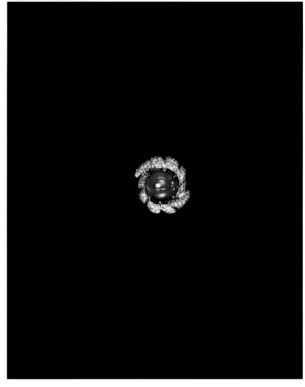

蓝宝石钻石戒指
拍卖时间：1996 年 4 月 17 日
估价：US$ 17,000−20,000

蓝宝石钻石戒指
拍卖时间：1997 年 11 月 18 日
估价：US$ 20,000－25,000

蓝宝石钻石手链
拍卖时间：1997 年 11 月 18 日
估价：US$ 60,000－90,000

1935 年 蓝宝石钻石别针
拍卖时间：1997 年 11 月 18 日
估价：US$ 20,000－25,000

独枚钻石戒指
拍卖时间：1997 年 11 月 18 日
估价：US$ 36,000－45,000

1930 年 白金钻石别针胸针（一对）
拍卖时间：1997 年 11 月 18 日
估价：US$ 12,000－15,000

蓝宝石钻石手链
拍卖时间：2000 年 4 月 12 日
估价：US$ 1,200,000－1,500,000

1910年 爱德华钻石蓝绿宝石吊坠
拍卖时间：1997年11月18日
估价：US$ 2,500−3,500

1925年 钻石宝石胸针
拍卖时间：1997年11月18日
估价：US$ 9,000−11,000

1925年 名贵钻石蓝红宝石手链
拍卖时间：1997年11月18日
估价：US$ 16,000−22,000

1925年 蓝宝石钻石胸针
拍卖时间：1997年11月18日
估价：US$ 6,000−8,000

蓝宝石钻石吊环(一对)
拍卖时间：1997年11月18日
估价：US$ 4,000−7,000

星光蓝宝石戒指
拍卖时间：1996年1月28日
估价：RMB160,000−200,000

蓝宝石钻石项链手链
拍卖时间：1997 年 10 月 30 日
估价：US$ 450,000—550,000

蓝宝石钻石耳钉（一对）
拍卖时间：1997 年 10 月 30 日
估价：US$ 70,000—90,000

钻石戒指
拍卖时间：1997 年 10 月 30 日
估价：US$ 250,000—300,000

蓝星石钻石戒指（上）
拍卖时间：1999 年 11 月 1 日
估价：US$ 26,000—32,000

蓝星石钻石珍珠链
拍卖时间：1999 年 11 月 1 日
估价：US$ 45,000—52,000

蓝宝石钻石戒指（下）
拍卖时间：1999 年 11 月 1 日
估价：US$ 35,000—41,000

白金蓝宝石钻石戒指
拍卖时间：1998 年 11 月 3 日
估价：US$ 13,000－16,000

白金蓝宝石钻石耳环（一对）
拍卖时间：1998 年 11 月 3 日
估价：US$ 18,000－24,000

18K 白金钻石耳环（一对）
拍卖时间：1998 年 11 月 3 日
估价：US$ 5,200－6,500

18K 黄金蓝宝石钻石手链
拍卖时间：1998 年 11 月 3 日
估价：US$ 16,000－20,000

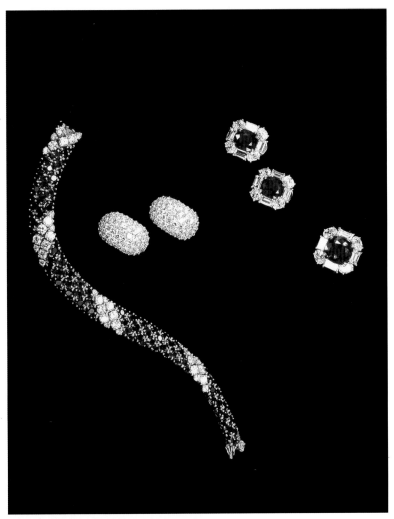

蓝宝石钻石耳钉（一对）
拍卖时间：2000 年 4 月 12 日
估价：US$ 75,000－100,000

18K 黄金蓝宝石钻石项链耳坠胸针
拍卖时间：1998 年 11 月 3 日
估价：US$ 25,000-30,000

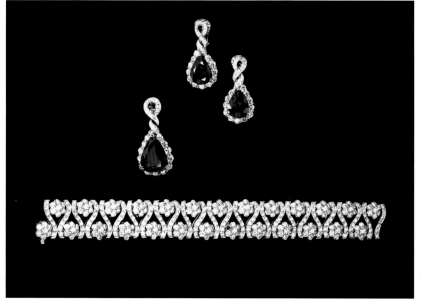

蓝宝石钻石耳环吊坠（一对）
拍卖时间：1999 年 11 月 1 日
估价：US$ 15,000-19,000

白金钻石手链
拍卖时间：1999 年 11 月 1 日
估价：US$ 13,000-19,000

蓝宝石钻石戒指
拍卖时间：1996 年 4 月 17 日
估价：US$ 40,000—50,000

钻石手链
拍卖时间：1996 年 4 月 17 日
估价：US$ 30,000—40,000

蓝宝石钻石耳钉（一对）
拍卖时间：1996 年 4 月 17 日
估价：US$ 35,000—45,000

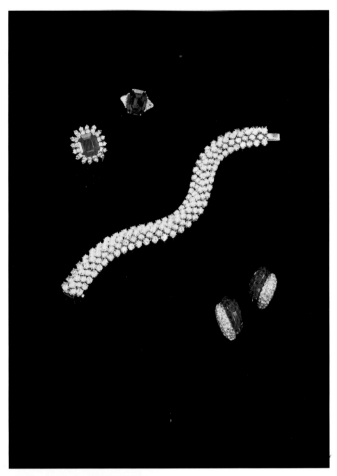

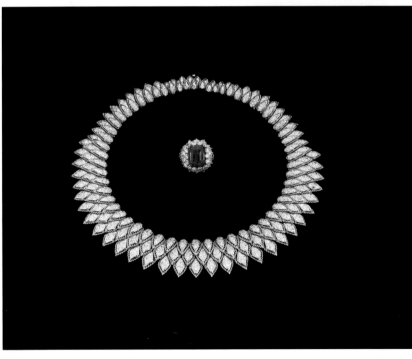

蓝宝石钻石戒指
拍卖时间：2000 年 4 月 12 日
估价：US$ 10,000—15,000

18K 黄金钻石项链
拍卖时间：2000 年 4 月 12 日
估价：US$ 35,000—45,000

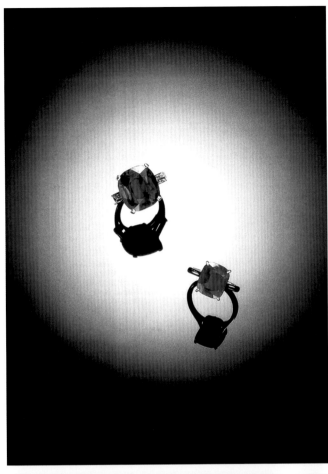

蓝宝石戒指
拍卖时间：1996 年 4 月 17 日
估价：US$ 175,000—225,000

蓝宝石钻石戒指
拍卖时间：2000 年 4 月 12 日
估价：US$ 325,000—350,000

蓝宝石钻石戒指
拍卖时间：2002 年 10 月 28 日
估价：US$ 26,000—34,000

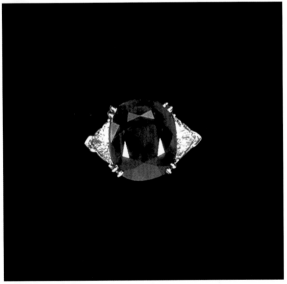

蓝宝石钻石戒指
拍卖时间：2000 年 4 月 12 日
估价：US$ 125,000—150,000

蓝宝石钻石戒指
拍卖时间：1999 年 11 月 1 日
估价：US$ 9,000−10,500

钻石戒指
拍卖时间：1999 年 11 月 1 日
估价：US$ 7,700−9,000

蓝宝石钻石带坠项链
拍卖时间：1999 年 11 月 1 日
估价：US$ 21,000−26,000

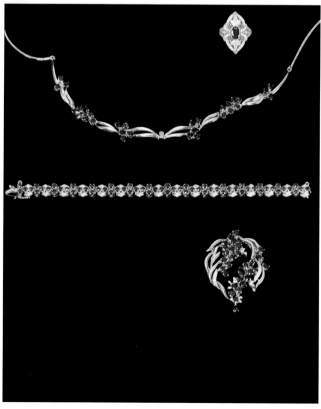

蓝宝石钻石珠宝（一套）
拍卖时间：1999 年 11 月 1 日
估价：US$ 1,300−1,900

蓝宝石钻石项链
拍卖时间：2000 年 4 月 12 日
估价：US$ 175,000—225,000

钻石戒指
拍卖时间：2000 年 4 月 12 日
估价：US$ 125,000—150,000

蓝宝石钻石吊坠
拍卖时间：1999 年 11 月 2 日
估价：US$ 51,000—58,000

蓝宝石钻石戒指
拍卖时间：2002 年 10 月 28 日
估价：US$ 50,000—75,000

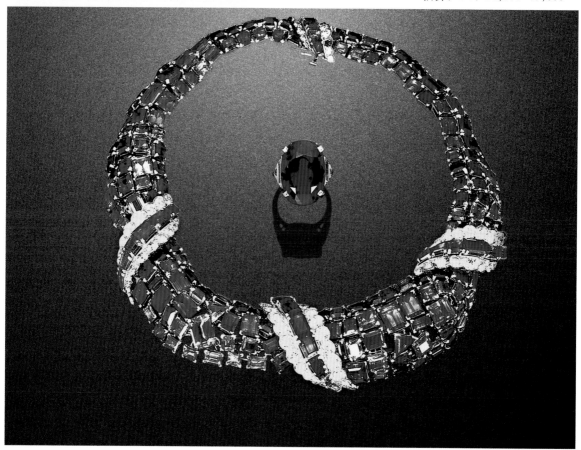

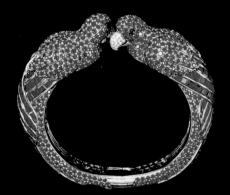

蓝宝石绿宝石手镯
拍卖时间：1999 年 11 月 1 日
估价：US$ 12,000—15,000

蓝宝石钻石别针胸针
拍卖时间：2002 年 10 月 28 日
估价：US$ 8,000—12,000

蓝宝石钻石胸针
拍卖时间：1999 年 11 月 2 日
估价：US$ 31,000—36,000

钻石蓝宝石耳钉（一对）
拍卖时间：1999 年 11 月 2 日
估价：US$ 13,000—19,000

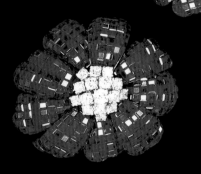

蓝宝石钻石戒指

拍卖时间：2000 年 10 月 24 日

估价：US$ 12,000–15,000

钻石蓝宝石戒指

拍卖时间：2000 年 10 月 24 日

估价：US$ 9,000–10,000

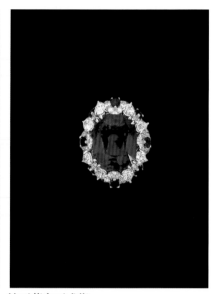

钻石蓝宝石戒指

拍卖时间：2000 年 4 月 12 日

估价：US$ 12,000–15,000

蓝宝石钻石胸针

拍卖时间：2000 年 10 月 24 日

估价：US$ 10,000–15,000

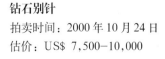

钻石别针

拍卖时间：2000 年 10 月 24 日

估价：US$ 7,500–10,000

蓝宝石男女对戒

拍卖时间：1996 年 1 月 28 日

估价：RMB160,000–180,000

1900 年 蓝宝石钻石胸坠

拍卖时间：2000 年 10 月 24 日

估价：US$ 12,000–15,000

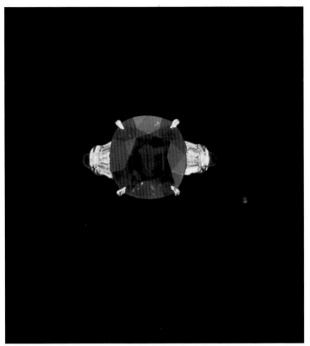

蓝宝石钻石戒指

拍卖时间：1999 年 11 月 1 日

估价：US$ 26,000−32,000

蓝宝石钻石戒指

拍卖时间：2000 年 10 月 24 日

估价：US$ 10,000−12,000

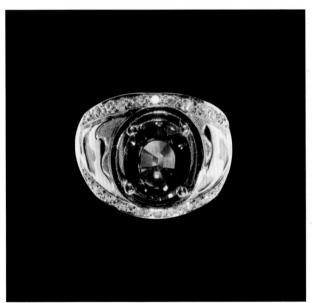

蓝宝石钻石男装戒指

拍卖时间：1996 年 1 月 28 日

估价：RMB40,000−50,000

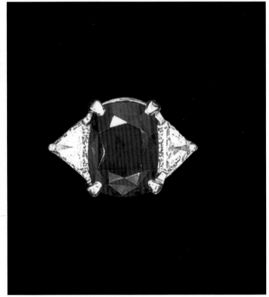

1933 年 蓝宝石钻石戒指

拍卖时间：2000 年 10 月 24 日

估价：US$ 12,000−15,000

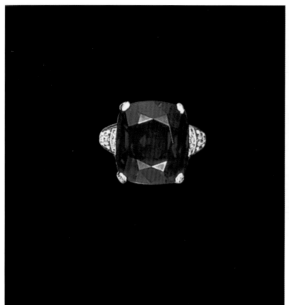

1930 年 蓝宝石钻石戒指
拍卖时间：2000 年 10 月 24 日
估价：US$ 350,000-400,000

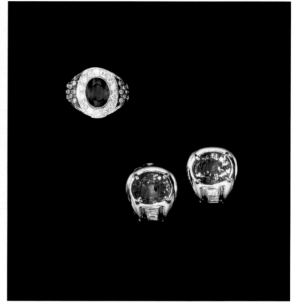

蓝宝石钻石耳环一对及戒指
拍卖时间：1999 年 11 月 1 日
估价：US$ 1,900-2,600

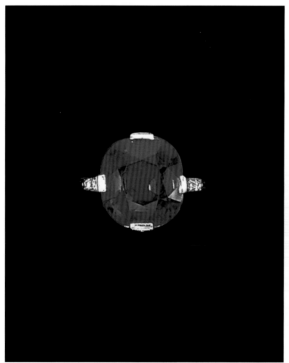

1916 年 蓝宝石钻石戒指
拍卖时间：2000 年 10 月 24 日
估价：US$ 25,000-35,000

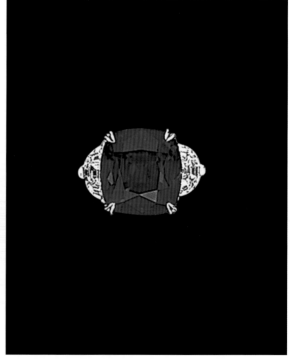

蓝宝石钻石戒指
拍卖时间：2000 年 10 月 24 日
估价：US$ 180,000-200,000

古典蓝宝石钻石耳钉（一对）
拍卖时间：2000 年 10 月 24 日
估价：US$ 125,000−150,000

1936 年 蓝宝石钻石胸针
拍卖时间：2000 年 10 月 24 日
估价：US$ 350,000−400,000

蓝宝石钻石耳钉(一对)
拍卖时间：2000 年 4 月 12 日
估价：US$ 100,000−150,000

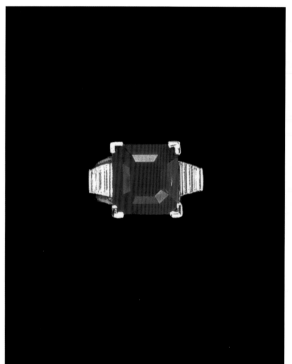

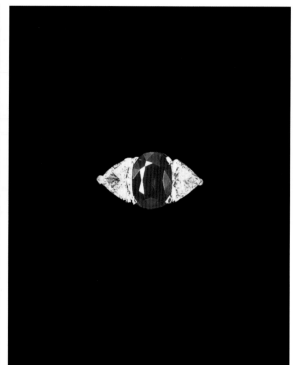

蓝宝石钻石戒指

拍卖时间：1999 年 11 月 2 日

估价：US$ 77,000－90,000

蓝宝石钻石戒指

拍卖时间：1999 年 11 月 2 日

估价：US$ 54,000－58,000

精巧的蓝宝石钻石耳钉(一对)

拍卖时间：1999 年 11 月 1 日

估价：US$ 5,800－7,100

绿宝石

LuBaoShi

宝 石 首 饰 价 值 考 成

绿宝石有许多种，其中最著名、最名贵的是"祖母绿"。祖母绿是古波斯语音译的宝石名称，我国有"助不刺"、"祖母绿"、"子母绿"等古名称。《天工开物》称"祖母绿"。《博物要览》称"祖母绿，色深绿如鹦鹉羽。" 其矿物名称为绿柱石。祖母绿自古就是名贵宝石，因绿色艳美而被称为"绿宝石之王"。

祖母绿的化学成分是铵铝硅酸盐的矿石，属六方晶系，柱状产出，摩氏硬度7.5~8.0度，密度 2.67~2.73，颜色以绿为主色，艳绿至葱心绿，有玻璃光泽，性脆，易有裂纹和包裹体(这样的祖母绿矿石便不能用于首饰)。以哥伦比亚和俄罗斯产出的祖母绿最有名。巴西、南非、印度、阿富汗、澳大利亚也有产出。

祖母绿常琢磨成方形刻面形首饰石，故方形刻面形首饰石又被称为"祖母绿形"。

祖母绿有人造仿制品，即"水热法祖母绿"、"助熔法祖母绿"，并制成首饰上市。

天然产出的绿水晶、绿碧玺（绿电气石）、翠榴石（钙铁榴石之一种）、绿萤石、绿柱石玻璃、绿色稀土玻璃、钇铝石榴石等都是低档绿色宝石，常被以次充好，是假祖母绿。另外，将有绺裂的祖母绿浸注油脂，染色，或用"多层法"造假冒充高档祖母绿，也是市场上常见的。

绿宝石钻石吊环(一对)
拍卖时间：1996年4月17日
估价：US$ 120,000-150,000

绿宝石钻石带坠项链
拍卖时间：1996年4月17日
估价：US$ 325,000-350,000

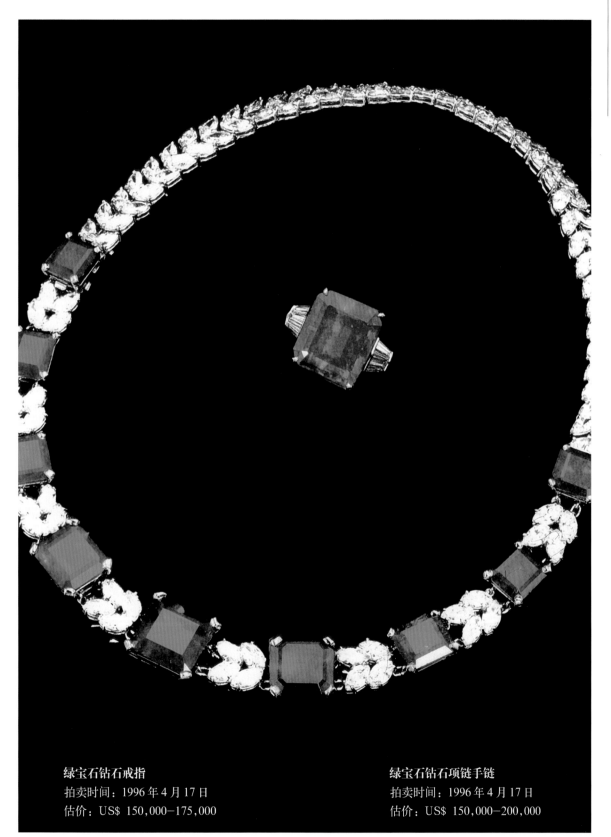

绿宝石钻石戒指
拍卖时间：1996 年 4 月 17 日
估价：US$ 150,000−175,000

绿宝石钻石项链手链
拍卖时间：1996 年 4 月 17 日
估价：US$ 150,000−200,000

圆珠绿宝石钻石戒指

拍卖时间：1996 年 4 月 17 日

估价：US$ 6,000−8,000

圆珠绿宝石钻石耳钉(一对)

拍卖时间：1996 年 4 月 17 日

估价：US$ 25,000−30,000

圆珠绿宝石钻石胸针

拍卖时间：1996 年 4 月 17 日

估价：US$ 24,000−28,000

绿宝石钻石耳钉

拍卖时间：1996 年 4 月 17 日

估价：US$ 15,000−20,000

钻石手链

拍卖时间：1996 年 4 月 17 日

估价：US$ 55,000−65,000

1920 年 绿宝石钻石珠宝(一套)

拍卖时间：1996 年 4 月 17 日

估价：US$ 100,000−125,000

1920 年 绿宝石钻石戒指

拍卖时间：1996 年 4 月 17 日

估价：US$ 20,000−30,000

1930 年 绿宝石珠状钻石项链
拍卖时间：1996 年 4 月 17 日
估价：US$ 20,000－30,000

1930 年 琢绿宝石钻石手链
拍卖时间：1996 年 4 月 17 日
估价：US$ 10,000－15,000

1935 年 圆珠绿宝石钻石戒指
拍卖时间：1996 年 4 月 17 日
估价：US$ 7,500－10,000

1930 年 钻石手链
拍卖时间：1996 年 4 月 17 日
估价：US$ 30,000－40,000

绿宝石钻石项链
拍卖时间：1996 年 4 月 17 日
估价：US$ 320,000－350,000

绿宝石钻石耳钉(一对)
拍卖时间：1996 年 4 月 17 日
估价：US$ 55,000－75,000

绿宝石钻石手链
拍卖时间：1996 年 4 月 17 日
估价：US$ 350,000－400,000

圆珠绿宝石钻石项链
拍卖时间：1996 年 4 月 17 日
估价：US\$ 175,000－200,000

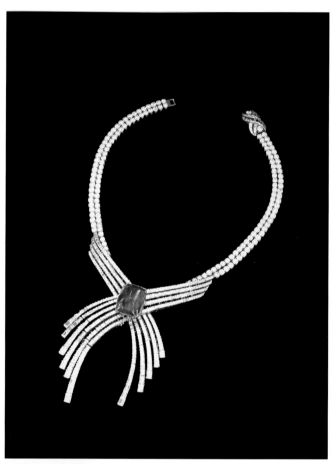

1935 年 珠状绿宝石钻石项链
拍卖时间：2000 年 4 月 12 日
估价：US\$ 3,000－5,000

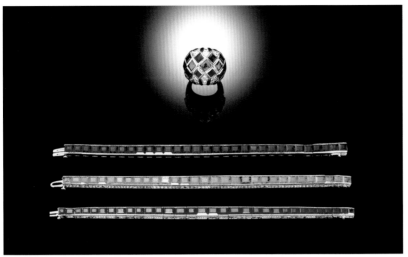

1920年 绿宝石直线式手链
拍卖时间：2000年4月12日
估价：US$ 25,000−35,000

1920年 蓝宝石直线式手链
拍卖时间：2000年4月12日
估价：US$ 20,000−30,000

1920年 红宝石直线式手链
拍卖时间：2000年4月12日
估价：US$ 25,000−35,000

黄金彩石钻石戒指
拍卖时间：2000年4月12日
估价：US$ 3,000−4,000

圆珠绿宝石钻石手链
拍卖时间：1996年4月17日
估价：US$ 35,000−40,000

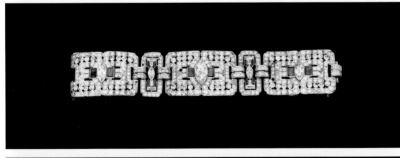

1930年 钻石绿宝石手链
拍卖时间：2000年4月12日
估价：US$ 25,000−35,000

绿宝石钻石条状胸针
拍卖时间：1998年9月28日
估价：US$ 7,000−9,000

绿宝石钻石项链
拍卖时间：2002 年 10 月 28 日
估价：US$ 450,000—625,000

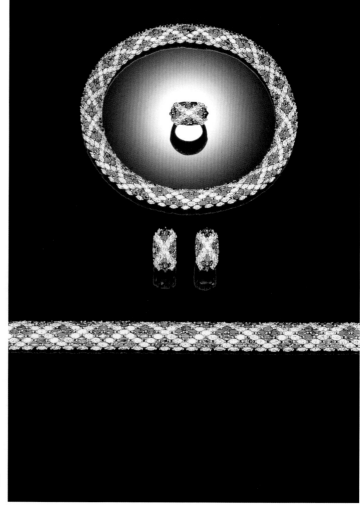

绿宝石钻石珠宝(一套)
拍卖时间：2000 年 10 月 24 日
估价：US$ 40,000—60,000

绿宝石钻石带坠项链
拍卖时间：2002 年 10 月 28 日
估价：US$ 35,000–50,000

钻石耳钉(一对)
拍卖时间：2002 年 10 月 28 日
估价：US$ 6,000–8,000

绿宝石南海金养珠钻石耳坠(一对)
拍卖时间：2002 年 10 月 28 日
估价：US$ 24,000–38,000

1965年 绿宝石钻石项链手链
拍卖时间：2000年10月24日
估价：US$ 40,000−50,000

红宝石绿宝石钻石吊环(一对)
拍卖时间：2000年10月24日
估价：US$ 20,000−25,000

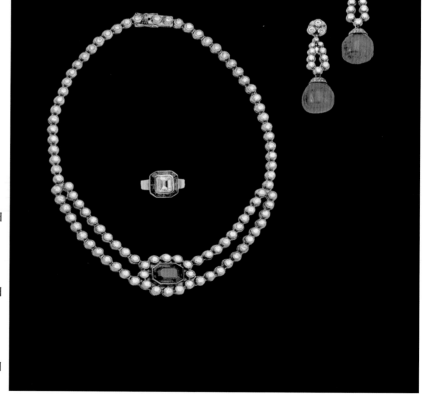

绿宝石钻石项链
拍卖时间：1998年4月29日
估价：US$ 15,500−19,000

绿宝石钻石吊环(一对)
拍卖时间：1998年4月29日
估价：US$ 3,100−3,800

钻石绿宝石戒指
拍卖时间：1998年4月29日
估价：US$ 4,300−5,000

绿宝石钻石胸针吊坠
拍卖时间：1998 年 4 月 29 日
估价：US$ 20,500—25,500

绿宝石钻石戒指（下）
拍卖时间：1998 年 4 月 29 日
估价：US$ 10,500—15,500

绿宝石钻石手表
拍卖时间：1998 年 4 月 29 日
估价：US$ 4,300—6,000

绿宝石钻石戒指（上）
拍卖时间：1998 年 4 月 29 日
估价：US$ 3,400—4,300

绿宝石钻石项链
拍卖时间：1998 年 4 月 29 日
估价：US$ 4,300—5,000

红绿宝石珠宝钻石（一套）
拍卖时间：1998 年 4 月 29 日
估价：US$ 10,500—13,500

绿宝石钻石项链
拍卖时间：1998 年 4 月 29 日
估价：US$ 7,500—8,500

1928年 绿宝石钻石项链
拍卖时间：1999年11月2日
估价：US$ 350,000—380,000

白金绿宝石钻石耳环（一对）
梨形绿宝石共重6.60克拉，钻石共重1.05克拉
拍卖时间：1998年4月29日
估价：US$ 16,000—20,000

1910年 白金绿宝石钻石别针
六角形绿宝石重5.00克拉，钻石共重5.70克拉
拍卖时间：1998年4月29日
估价：US$ 12,300—17,000

18K白金宝石钻石戒指
绿宝石重4.00克拉
拍卖时间：1998年4月29日
估价：US$ 17,000—20,000

18K 白金绿宝石钻石戒指
绿宝石重 4.10 克拉，钻石共重 1.25 克拉
估价：US\$ 5,200－7,700
拍卖时间：1998 年 4 月 29 日

18K 白金绿宝石钻石项链及吊耳环（一对）
绿宝石共重 15.10 克拉，钻石共重 13.30 克拉
估价：US\$ 21,000－26,000
拍卖时间：1998 年 4 月 29 日

白金深黄色钻石钻石戒指
G.I.A.证书椭圆形钻石重 2.55 克拉，天然色泽 VS_1 净度
估价：US\$ 33,000－39,000
拍卖时间：1998 年 4 月 29 日

18K 黄金绿宝石钻石戒指
绿宝石重 13.10 克拉，钻石共重 3.90 克拉
拍卖时间：1998 年 4 月 29 日
估价：US\$ 20,000－26,000

1960 年 绿宝石钻石项链
绿宝石共重 24 克拉，钻石共重 3.00 克拉
拍卖时间：1998 年 4 月 29 日
估价：US\$ 28,000－32,000

1930年 绿宝石钻石条状胸针

拍卖时间：1996年12月10日

估价：US$ 10,000—15,000

1930年 钻石三叶草形胸针

拍卖时间：1996年12月10日

估价：US$ 15,000—20,000

1930年 绿宝石钻石手链

拍卖时间：1996年12月10日

估价：US$ 15,000—20,000

1915年 琢绿宝石钻石戒指

拍卖时间：1996年12月10日

估价：US$ 15,000—20,000

绿宝石钻石项链

拍卖时间：1996年12月10日

估价：US$ 25,000—30,000

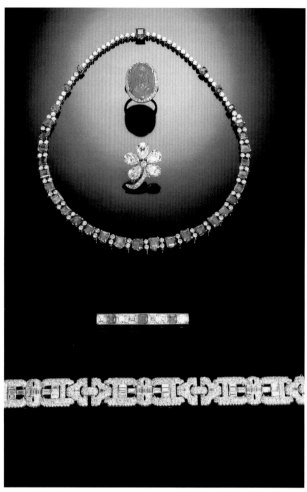

绿宝石钻石项链

拍卖时间：2000年4月12日

估价：US$ 40,000—50,000

黄钻石戒指

拍卖时间：2000年4月12日

估价：US$ 40,000—50,000

1930 年 彩石钻石胸针
拍卖时间：1996 年 12 月 10 日
估价：US$ 20,000—25,000

1930 年 绿宝石钻石手链
拍卖时间：1996 年 12 月 10 日
估价：US$ 15,000—20,000

1920 年 绿宝石钻石别针
拍卖时间：1996 年 12 月 10 日
估价：US$ 15,000—20,000

1925 年 绿宝石钻石吊环（一对）
拍卖时间：1996 年 12 月 10 日
估价：US$ 7,500—10,000

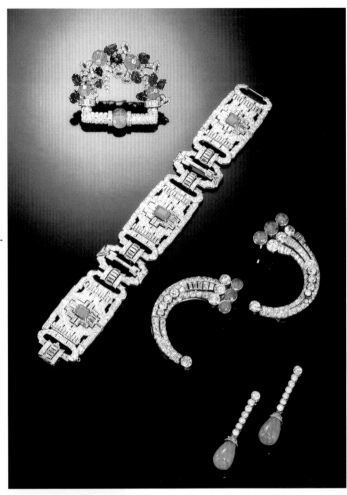

1965 年 黄金绿宝石钻石项链手链
拍卖时间：2000 年 4 月 12 日
估价：US$ 50,000—60,000

绿宝石钻石花形耳钉（一对）

拍卖时间：1996 年 12 月 10 日

估价：$ 12,000—15,000

绿宝石钻石戒指

拍卖时间：1996 年 12 月 10 日

估价：$ 30,000—40,000

钻石戒指

拍卖时间：1996 年 12 月 10 日

估价：US$ 40,000—50,000

蓝宝石钻石戒指

拍卖时间：1996 年 12 月 10 日

估价：US$ 8,000—10,000

绿宝石钻石带坠项链

拍卖时间：1996 年 12 月 10 日

估价：US$ 45,000—55,000

钻石绿宝石手链
拍卖时间：1996 年 12 月 10 日
估价：US$ 8,000-10,000

绿宝石钻石胸针
拍卖时间：1996 年 12 月 10 日
估价：US$ 10,000-12,000

钻石绿宝石花簇状戒指
拍卖时间：1996 年 12 月 10 日
估价：US$ 5,000-7,000

钻石花簇状戒指
拍卖时间：1996 年 12 月 10 日
估价：US$ 5,000-7,000

钻石绿宝石浪花状戒指
拍卖时间：1996 年 12 月 10 日
估价：US$ 3,000-4,000

钻石胸针
拍卖时间：1996 年 12 月 10 日
估价：US$ 8,000-12,000

绿宝石钻石戒指
拍卖时间：1997 年 11 月 18 日
估价：US$ 25,000—36,000

1930 年　钻石绿宝石手链（上）
拍卖时间：1997 年 11 月 18 日
估价：US$ 17,000—25,000

1925 年　钻石绿宝石手链（中）
拍卖时间：1997 年 11 月 18 日
估价：US$ 24,000—28,000

1925 年　钻石绿宝石吊环一对
拍卖时间：1997 年 11 月 18 日
估价：US$ 13,000—19,000

1925 年　钻石绿宝石手链（下）
拍卖时间：1997 年 11 月 18 日
估价：US$ 20,000—28,000

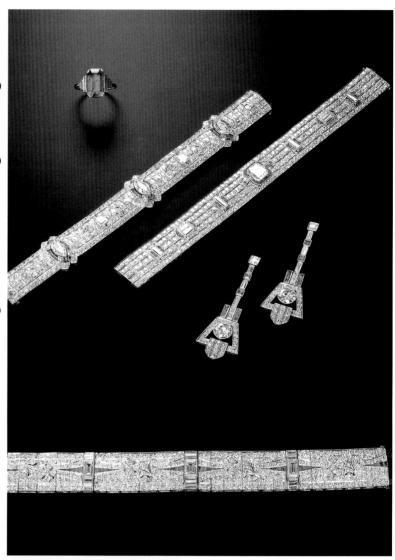

绿宝石戒指
拍卖时间：1996 年 4 月 17 日
估价：US$ 50,000—60,000

1900 年 钻石绿宝石盒式项链
拍卖时间：2000 年 4 月 12 日
估价：US$ 3,000−5,000

1940 年 绿宝石钻石花形胸针
拍卖时间：2000 年 4 月 12 日
估价：US$ 10,000−15,000

钻石戒指

拍卖时间：1997 年 11 月 18 日

估价：US$ 70,000—100,000

1920 年 绿宝石钻石手链（上）

拍卖时间：1997 年 11 月 18 日

估价：US$ 15,000—22,000

1925 年 绿宝石钻石手链（下）

拍卖时间：1997 年 11 月 18 日

估价：US$ 25,000—35,000

绿宝石钻石胸针

拍卖时间：1997 年 11 月 18 日

估价：US$ 18,000—25,000

18K 黄白金绿宝石钻石项链戒指及耳环(一套)

项链绿宝石重 165.00 克拉，钻石约重 30.00 克拉

戒指绿宝石重 26.30 克拉，钻石约重 4.30 克拉

耳环绿宝石重 43.00 克拉，钻石约重 8.20 克拉

拍卖时间：1998 年 11 月 3 日

估价：US$ 90,000—110,000

绿宝石钻石珠宝(一套)
拍卖时间：1999 年 11 月 1 日
估价：US$ 1,900－2,600

养珠钻石项链
拍卖时间：1999 年 11 月 1 日
估价：US$ 13,000－19,000

蓝宝石钻石戒指
拍卖时间：1996 年 4 月 17 日
估价：US$ 40,000－50,000

钻石手链
拍卖时间：1996 年 4 月 17 日
估价：US$ 30,000－40,000

绿宝石钻石带坠项链
拍卖时间：1999 年 11 月 1 日
估价：US$ 20,000－26,000

钻石绿宝石戒指
拍卖时间：1999 年 11 月 1 日
估价：US$ 18,000－20,500

绿宝石钻石吊坠
拍卖时间：1999 年 11 月 1 日
估价：US$ 20,000－30,000

钻石耳钉(一对)
拍卖时间：1999 年 11 月 1 日
估价：US$ 3,300－4,500

1930年 绿宝石钻石戒指
拍卖时间：1996年4月17日
估价：US$ 3,000–4,000

1930年 钻石绿宝石蝴蝶结胸针
拍卖时间：1996年4月17日
估价：US$ 4,500–5,500

1930年 钻石绿宝石手链
拍卖时间：1996年4月17日
估价：US$ 7,500–10,000

1925年 绿宝石钻石胸针
拍卖时间：1996年4月17日
估价：US$ 4,000–6,000

绿宝石钻石吊环(一对)
拍卖时间：1996年4月17日
估价：US$ 125,000–150,000

绿宝石钻石耳钉(一对)
拍卖时间：1996年4月17日
估价：US$ 165,000–175,000

琢绿宝石钻石吊环(一对)
拍卖时间：1996 年 12 月 10 日
估价：US$ 6,000—8,000

圆珠绿宝石钻石胸针
拍卖时间：1996 年 12 月 10 日
估价：US$ 20,000—25,000

绿宝石钻石项链
拍卖时间：1996 年 12 月 10 日
估价：US$ 40,000—50,000

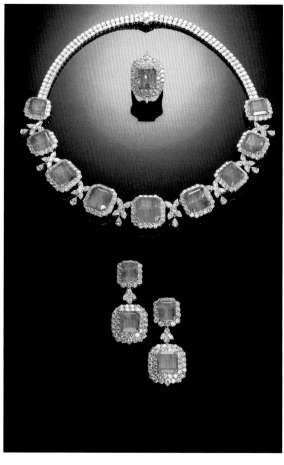

绿宝石钻石项链
拍卖时间：1996 年 12 月 10 日
估价：US$ 75,000—100,000

绿宝石钻石吊环(一对)
拍卖时间：1996 年 12 月 10 日
估价：US$ 25,000—35,000

绿宝石钻石戒指
拍卖时间：1996 年 12 月 10 日
估价：US$ 7,500—10,000

绿宝石钻石胸坠
拍卖时间：2000 年 10 月 24 日
估价：US$ 80,000–100,000

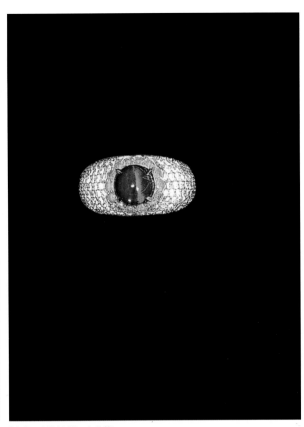

绿宝石黄钻钻石戒指
拍卖时间：1999 年 11 月 2 日
估价：US$ 18,000–23,000

绿宝石钻石男装戒指
拍卖时间：1998 年 4 月 29 日
估价：US$ 61,000–67,000

1930 年 18K 白金绿宝石及钻石戒指
拍卖时间：1998 年 4 月 29 日
估价：US$ 71,000–85,000

祖母绿项圈
拍卖时间：1996 年 1 月 28 日
估价：RMB 550,000－650,000

1875 年 绿宝石钻石胸坠
拍卖时间：1996 年 12 月 10 日
估价：US$ 50,000－60,000

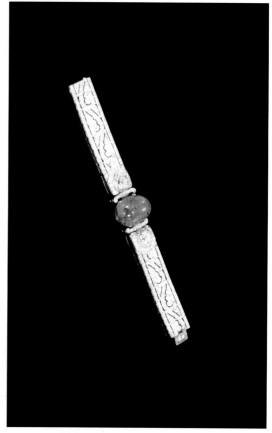

1925 年 圆珠绿宝石钻石手链
拍卖时间：1996 年 12 月 10 日
估价：US$ 40,000－50,000

绿宝石钻石戒指
拍卖时间：1998 年 9 月 28 日
估价：US$ 4,000—6,000

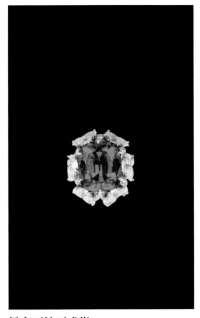

绿宝石钻石戒指
拍卖时间：2002 年 10 月 28 日
估价：US$ 420,000—600,000

祖母绿戒指
拍卖时间：1996 年 1 月 28 日
估价：RMB 220,000—280,000

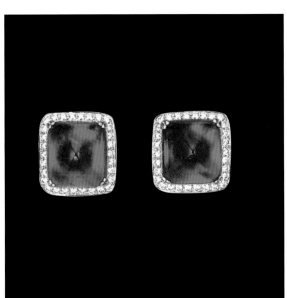

绿宝石钻石耳环（一对）
拍卖时间：2002 年 10 月 28 日
估价：US$ 22,000—32,000

1975 年 绿宝石钻石耳环
拍卖时间：2000 年 10 月 24 日
估价：US$ 50,000—60,000

绿电气石钻石胸针吊坠

拍卖时间：2002 年 10 月 28 日

估价：US$ 6,000－8,000

1940 年 黄金绿宝石浪花式耳钉（一对）

拍卖时间：2000 年 4 月 12 日

估价：US$ 4,000－6,000

1940 年 黄金绿红宝石钻石戒指

拍卖时间：2000 年 4 月 12 日

估价：US$ 12,000－14,000

1940 年 黄金绿红宝石胸针

拍卖时间：2000 年 4 月 12 日

估价：US$ 7,500－10,000

18K 黄金绿宝石及钻石女装表
拍卖时间：1998 年 11 月 3 日
估价：US$ 20,000-26,000

18K 黄金绿宝石戒指
椭圆形绿宝石一粒重 3.19 克拉
G.I.A.证书，绿宝石原产地为
哥伦比亚，经浸油处理
拍卖时间：1998 年 11 月 3 日
估价：US$ 24,000-29,000

18K 黄白金绿宝石钻石耳环（一对）
两粒绿宝石共重 16.16 克拉，钻石
共重 4.90 克拉
拍卖时间：1998 年 11 月 3 日
估价：US$ 16,000-20,000

18K 黄金绿宝石珠链配钻石珠扣
六串绿宝石珠链共重 652.00 克拉，
钻石共重 16.40 克拉
拍卖时间：1998 年 11 月 3 日
估价：US$ 33,000-45,000

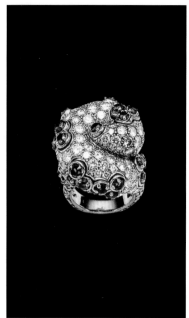

钻石绿宝石戒指

拍卖时间：2000 年 4 月 12 日

估价：US$ 3,000-5,000

绿宝石钻石胸针

拍卖时间：2000 年 4 月 12 日

估价：US$ 5,000-7,000

绿宝石钻石吊环（一对）

拍卖时间：1997 年 10 月 30 日

估价：US$ 100,000-125,000

绿宝石钻石胸针

拍卖时间：1997 年 10 月 30 日

估价：US$ 150,000-200,000

绿宝石钻石胸针

拍卖时间：1999 年 11 月 1 日

估价：US$ 3,300-4,500

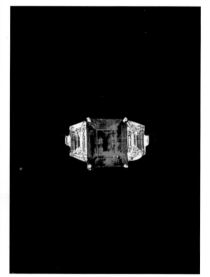

绿宝石钻石戒指

拍卖时间：1999 年 11 月 1 日

估价：US$ 41,000-49,000